戀愛，我好想

LOVE IS ALL I WANT

綸尚綸——著

戀愛，我好想1

如果我是魚，那我希望你是我的專屬海洋，可以隱藏我的悲傷。

高雄的十二月只能用三個字形容：幹！好熱。

我只好每天中午都躲在學校的美食街吹冷氣，順便看妹補補眼睛，只是今天妹的素質，看得我的肚子都可以不用吃飯，就已經被火氣給餵飽了，整個好好的美食街居然充斥著一堆「瞎情侶」（「瞎情侶＝ＢＣ（blind Couple）」）。

靠！話才剛說完，怎麼又有一對在我面前走過，這是今天中午我看到的第十六對了。這個學校到底怎麼了呢？怎麼學生的素質越來越差，一屆不如一屆。

雖然俗話說說得好Love is blind，但這未免也真的太瞎了吧……！

真的看得我一肚子火，好歹我也是I大國貿鼎鼎大名的四大名草之首，居然會輸給你們這些「瞎棒」（「瞎棒＝ＢＢ（Blind Bat）」）。——我曾經在大一利用開班會的時候，舉行系上最帥男生的票選，結果當然我是以壓倒性的票數獲得了第一。

連你們這些瞎棒都有女朋友，而我卻孤家寡人，這是個什麼樣不公不義的世界！Damn!! What happened!!!

算了啦！我還是眼不見為淨，回家上網找個妹，看能不能譜個網路之戀，談一個比你們這些「瞎情侶」還要屌上一千倍的戀愛！——一想到這，我的求愛鬥志都被點燃了。

不好意思，一開始就一直在抱怨這學校這種不合理的現象，都忘了自我介紹。我是本書的男主角，我叫李濠，我目前就讀I大國貿的大四生，走寂寞孤單路線二十二年，近幾年一直想要轉換到兩人跑道，但都沒有成功。

說真的，我自認我的條件不差啊！大家想想看I大國貿第一帥，人幽默風趣又體貼，常言道：五子登科是男人的一生目標，但我濠哥好歹也擁有了其中三子（有銀子，也有車子，還有別墅一棟），但為什麼就是沒有馬子看上我呢？

為何馬子總盡看上一些「瞎棒」呢？難道當「瞎棒」才是有妹的一條路嗎？

再想下去，也只是無解。感情的事我要是真能找出答案，我就去當全民情聖，專門教人把妹，狠撈「去死去死團」成員的錢就好了，還需要讀什麼書呢？

我會想要讀書，是想好好地雕塑我的書生氣質，希望自己可以一直持續地保有濃濃的書卷氣，根據一份來源不明的統計，台灣百分之七十八的女生都喜歡男生有書卷氣並且知識淵博。

坐而言不如起而行，我還是回家把我的妹卡實在！不要再被「瞎情侶」們給汙染我的眼睛了。

我回到我那高級別墅，準備好我今天所需要的飲料和食物，因為我不想再出門買東買西，浪費我的把妹時間，因為我準備來「愛！愛！愛！戰鬥」！

我打開目前使用中的交友網站，仔細和認真評估今天該上那一個交友網站，愛的出動才會大成功。

想了一下，登MSN的戀愛交友網好了，最起碼我的第一個單戀也是在那發生的，那可是我在大一時刻骨銘心的單戀，可是讓我知道人生除了打牌、喝酒……等等，還有「戀愛」這個甜滋滋的事物。

可惜的是，那次我被頒了「最佳男配角」，不過這也已經是離我「最佳男主角」最近的一次了。

我來設定我今天目標條件：一、年齡：十八～二十五歲，二、地方：高雄市，三、職業：學生和護士。

如果這樣找都還沒辦法找到OK的妹，就只好勉為其難地再把擇友條件放寬一些。因為今天的我是孤寂的，需要有人陪我度過這寂寞的夜晚。

說什麼，今天無論如何一定要和妹搭上線，反正我有白色ALTIS，到哪裡去和妹見面都不是問題。

當我正努力地搜尋今天誰是我的幸運女孩時，突然看到有人的代號打uglygirl5438（醜陋女孩我是38），但顯示照片看起來又是正到翻的那一種。

根據我以往網路交友的經驗法則，這很有可能是「詐騙」，我曾經遇到很多次照片是很正的女生，加了帳號後，每次一聊天，我只要說我住哪，她們都會說她們也住那，很巧的是，全部都是住那個地方的中正路上。然後，問我要不要出來……。

我真的很怕又遇到是找人援交，但事實上是搞詐騙的。

我猶豫了許久考慮要不要加她的交友帳號，我心裡想：好，我決定跟它拚一次，人家說：沒那個屁股，就別吃那個瀉藥。反正，我濠哥什麼沒有，就膽量跟時間最多。要有正妹的女朋友，就要冒著被恐龍妹騙的風險。

我來看一下她打的自我介紹和她設定的交友條件，所謂了解越多，能當朋友的勝算越高。孫子兵法上說「知己知彼，百戰不殆」。

她的自我介紹是這樣打的：如果我是魚，那我希望你是我的專屬海洋，可以隱藏我的悲傷。

她的交友條件是這樣地設定：一、身高：一百五十公分至兩百二十公分，二、體重：一百五十公斤以下，三、長相：不拘。

看完她的交友條件，我暗想：難道她會是高雄不挑界的大姐大嗎？這樣的條件，表明就是任何人都可以當朋友，通常這種情況，女生有百分之七十四點二二是恐龍妹，我要小心地因應。

不過她的自我介紹卻又很詩情畫意，讓我對她更加好奇了，通常龍姑娘是不會那麼打她ＭＳＮ交友的自我介紹。

交友代號後面加個hotmail.com試試看，運氣好的話，說不定這就是她的ＭＳＮ帳號。

加她ＭＳＮ後，又過了三小時，今天的交友沒什麼大進度，像謎一般的uglygirl5438（醜陋女孩我是38），也沒上線。今天的出動最後就以失敗畫下了句點。

反正閒著也閒著，不如去找我的好朋友——黎群，找他去喝個茶，聽聽他那豐富的戀愛經驗，看能不能從中學個幾招。

我想之前會失敗，一定是我的經驗和技巧不夠純熟。才會屢屢被妹拉弓K掉。

P.S.一、說到底，我是I大國貿的草王ㄟ，怎麼可能一直單身咧！二、Blind Bat意思是指很瞎的男生，棒子是男性特徵。

戀愛，我好想2

在那個當下，我都還不知道這是我這輩子最重要的邂逅。

黎群這個人，我要花些時間介紹他一下，不然我的愛情故事會說不下去，因為我的愛情裡，他占了舉足輕重的角色。

他是一個風雲人物，他的頭銜有：一、I大的草神，二、化工籃球隊隊長，三、康輔社社長……因為他的頭銜太多了，這裡就不再贅述他的豐功偉業。畢竟，這是我李濛的愛情故事，不是黎群的。

他是這個學校所有女生的夢中情人，他擁有迷死人不償命的眼睛（謝霆鋒的眼睛），和靦腆的笑容（阮經天的笑容）這兩樣武器，讓他在I大的女生界「絕對無敵」。

但很奇怪的是，他卻從來沒有交往超過三個月的女朋友，我曾經問過他為什麼？他語帶不屑地說：我這艘豪華大船，一定要找到適合我的港口，我才願意把我這艘豪華大船永遠停靠。

這是什麼鬼道理！

在I大校園裡，只要聽到尖叫聲在哪出沒，黎群必定在那裡。

我發現尖叫聲出現在籃球場那，我便走到了籃球場，果真看到黎群在打球，他穿著他那唯一一件的James球衣，使用他獨有的螃蟹步，電那些想篡奪他校草位置的挑戰者。

身為他好友的我，我有責任和義務讓我的朋友生活變得更好，所以我要約他去喝茶看妹。不能讓他在這籃球場浪費著生命和青春，生命和青春應該要浪費在妹的身上。

我：阿群，走啦，去喝茶啊。

黎群帶著傲慢的語氣：等等咧，沒看我在電那些小爛腳嗎？

同一時間，啦啦隊朝著我大聲咆哮：你很討厭ㄟ，幹麻吵黎群打球，你這個死阿宅，不要干擾我們的群群打球。

我翻著白眼嗆回去：妳們每天看是都看不膩喔，他就只有那幾招而已。

我心中暗想：妳們這群花痴，每個長得看起來都可以當我媽了，黎群會理妳們的話，我當妳們擦鞋的小廝都ＯＫ。

大約再過了半小時，電完那些今日白目的挑戰者們之後，黎群用外八的步伐朝我走了過來。

黎群一臉暗爽地說：這就是當校草的悲哀，每天要接受這些鳥人的挑戰，真的是讓我應接不暇啊！

我不以為然地說：靠！當校草你還嫌，不然你去當瞎棒啊！

黎群用很認真的口吻說：廢話少說，你今天是又要去哪裡喝茶，你每次去喝茶看妹，也沒看你一次行動的，你都色大膽小出一張嘴，最後就草草結束了。

我反嗆說：那如果我今天出動且有搭上妹，今天的花費，你要全包。

黎群：這有什麼問題！就怕你只出一張嘴，逞口舌之快。但如果你被打槍或沒行動，那你就必須跟我的其中一個啦啦隊去約會。

我：那不如直接叫我去死好囉！（轉念一想：你這不是看不起我嗎？）好，我答應你！

來到了今天的目的地：「真愛茶坊」——名字像摸摸茶，但真的不是，我們是很單純的青年，是不會去那些聲色場所。

黎群氣急敗壞地說：你帶我來這什麼鳥店！感覺像外勞才會光顧的店，我是黎群ㄟ，被我的粉絲們看到來這地方，成何體統！我還要混嗎？

我不以為然地說：你懂什麼，這是PTT推薦的熱門終結單身的地點，凡是只要來這裡狀態是單身的人，三個月內必定就會有另外一半。

黎群：真的假的！（臉神馬上成豬哥樣）那就是說裡面有很多憧憬著愛情的小馬子，可以讓我暫時靠港囉。

不過一走進店裡，黎群整個臉色大變，而且太陽穴附近的青筋好像要爆出來了。

黎群：阿濠哥，我真的了解了「物以類聚」這個道理了，媽的，這裡的人幾乎都是棒子，而且都還是「宅」棒，你乾脆來當總教練好了，組一隻宅宅棒球隊。

我不甘示弱地說：靠！是哪裡沒有女的，那邊不是一堆嗎？你眼睛是有問題嗎？

黎群：你指的那些哪是妹啊！你當我是郭靖嗎？會降龍十八掌喔。這些妹，我哪降服得了。就算叫郭靖來，他的降龍十八掌也無法收伏這些龍姑娘們。

這時服務生，走了過來。在那個當下，我都還不知道這是我這輩子最重要的邂逅。

服務生：請問兩位要喝點什麼？

我心裡想說：這聲音甜死人不償命，臉蛋就應該還一般般，因為上帝是公平的，不可能給你那麼好聽的聲音，又給你臉蛋。

為了避免我看到後反應太大，對服務生不禮貌，我先用我的餘光一瞥。不瞥還好，一瞥整個大懊悔，整整少看了好幾眼。因為，只能用四個字形容──「西施再世」啊！

她的身材有如名模隋棠，但氣質又比張鈞甯有過之而無不及，最可怕的是，臉蛋又跟林志玲差不多。

這簡直是上帝創造世界以來最成功的作品，我阿濠哥十分喜歡。──這樣條件的女生，應該是男的都會喜歡吧！

我再偷用眼角的餘光瞄到她的名字。靠！美女的名字就是屌！

孟沟紋

當她幫我們點完飲料時，我鼓起勇氣地說：小……姐……，可以給我你的MSN嗎？

女神一副習以為常的口吻笑笑地說：這有什麼問題，等你買到一千杯飲料，我就給你我的MSN帳號。

這時，我的口袋說了一句很現實的話，讓我不得不向現實低頭，它：濠哥，不是我不挺你，但你就只帶兩百元，跟人家把什麼妹？

因為女神真的太美，女神走後，讓我整個人當機，呆愣在那邊動也不動。這讓鮮少誇我的黎群，都說我很有當憲兵的潛力，整個不動如山。

點的飲料上桌後，我看到黎群正以驚人的速度在喝，感覺飲料都不用錢，是免費暢飲的樣子。

我左顧右盼地說：這間店是有寫說，飲料在時間內喝完免費喔？奇怪，可是我怎麼都沒有看到ㄟ。

戀愛，我好想3

真愛一定會降臨，就看它到來時，你是否看得出來。

阿濠哥名言：真愛一定會降臨，就看它到來時，你是否看得出來。

就在我的女神端飲料上來過五分鐘，我還正在慢條斯理地品嚐我這輩子最好喝的奶茶時，黎群就一直催我離開。

我不悅地說：幹麻那麼早走是要死喔，我的女神奶茶喝不到一半，你是怎樣，喝那麼快，趕投胎喔！而且，我們來之前不是有打賭嗎？賭我今天能不能搭到妹，你現在就要我回去，擺明就是要我請你，你這樣真的很低級。

聽到我這樣說以後，黎群的表情瞬間轉變成如天使般的無辜臉孔。

他用小媳婦般地口吻說：李濠，我們兄弟也要四年了，我是那種會佔朋友便宜的人嗎？

我：你就是這種低級人啊！少在那邊裝可憐，這賭注本來要算你輸，但我大人有大量，就勉為其難地取消這賭注，不跟你這低級人計較，希望你以後認識新馬子的時候，可以想到我這個朋友。

聽到我取消賭注，黎群馬上故作嬌羞狀地說：我就知道你人最好了，小寶貝。看在你對我那麼好的份上，我決定賣你一個情報。

我挑眉地說：什麼情報？有價值才和我說。

黎群一臉狐疑地說：我前幾天去財金系把妹時，感覺有看過她，她好像是財金的。

我掐住黎群並猛力搖晃：真的假的，你不要唬爛我ㄟ。沒有想到，我和女神居然有同校的可能。

黎群：真的啦，況且這裡的空氣快讓我窒息，盡是一些宅棒和龍妹，我的眼睛已經被電得快變成瞎子了，還有我是怕你耍白痴，為了那幾個英文字和數字，買一千杯飲料，你要灑錢，我是不反對，但可以麻煩你灑給我的口袋嗎？

我心裡想，這樣自戀的人，怎麼還會有那麼多女生愛他愛到無法自拔呢？難道，女生都喜歡自信心二萬五千分的男人嗎？

看到黎群如此地自我感覺良好，卻又可以在這社會吃得那麼開，讓我覺得說，這個社會已經不再是「謙虛是美德」，應該改為「自戀為王道」。

回到家後，我發現自己一直呈現失智的狀態，腦海中都是女神的一顰一笑，這是我第十八次對一個妹深深地著迷，難道我又陷入愛河了嗎？

忽然間，手機響了，來電顯示：理由中（會叫理由中，是因為此人找理由的能力，大概跟蟑螂的繁殖能力差不多強）。

理由中：阿濠哥，在幹麻啊？

我：你今天有事快說，我沒有時間跟你在那邊喇賽，我還有重要的事情要處理。

理由中：阿濠哥你今天說話的口氣好MAN喔，MAN到我差一點點就愛上你了。那小弟我就長話短說，我們後天要去找王老教授補考行銷學，你讀了沒？這次補考沒考到四十五分，就要再重修了。

我大吃一驚說：靠夭啦！你不說我都忘了這件鳥事，那我真的不能跟你多說了，我要去準備一下，先降。

雖然我嘴巴說要準備考試，但我的身體卻很不爭氣往床鋪緩緩地靠近，當和床鋪結合時，周公：阿濠 我們來走個棋吧！

我雖然會因為沒讀行銷，而內心感到一絲愧疚，但我轉念一想，沒差那一個晚上，會過不管怎麼樣都會過，不會一個晚上沒讀就沒有過。

陪周公走走棋，這是我們做晚輩應該做的，要讓長輩開心和順從長輩的意思，是新時代青年應該做的。所以不管我再怎麼忙，也一定要陪周公下完棋。

最多就是明天去圖書館蹲一整天，抱一下行銷神的大腿，應該就可以輕鬆過關了。憑我的智商，行銷補考不過，只有三個字可以形容：很難啊！

隔天一早，我來到了圖書館，發現裡面的人少得可憐，快十二月底了，大家都要準備過聖誕和跨年，誰還會來讀書?!

我選了一個靠窗的座位坐下後，準備開始抱行銷神的大腿，今天如果沒抱完，可能就要續抱一年了。

忽然，有人從我桌旁走過去，我本能反應地抬起頭一看，這不是我的女神嗎？她怎麼也在這，再仔細一看，她手上拿的課本跟我一樣ㄟ。難不成，她也是補考一族的？

不管是不是要補考，先去打個招呼，刺探一下消息。

我假裝大吃一驚地說：哈囉，沒想到，在這遇到你，妳也是我們學校的學生啊！

女神：對啊，怎麼了嗎？

黎群給我的情報，果然沒錯，這位校草看女人果然都過目不忘。

我：沒啊，就覺得我們還滿有緣的，居然和妳是同校。對了，妳也有修王老教授的行銷喔。

女神：對啊，不過，我明天要補考，上次考試因病缺席。

我：加油，妳一定可以pass的。（心裡想：給妳一個驚喜，明天看到我包準妳嚇一跳）那掰囉。

女神：謝謝你，掰囉。

將行銷神的大腿緊緊抱一天一夜，我充滿著信心的來到補考教室，準備來大顯身手。

戀愛，我好想4

給你擁擠的內心世界多一點別的聲音，好嗎？

一進入考場，我拿出我考試專用的指南針——有給文昌帝君加持過的，環顧了一下考場，選了一個「補考必過」位坐下，就跟行銷神進行最終的考前談心了，考試前的談心是很重要的，這關係到行銷神對你最後的評價，決定你的考試是否會過關。

王老教授：書收起來，考卷往後傳。

當我考卷往後一傳，跟我後面那位四目相交，我嚇了一跳，那不是我的女神嗎？一百多個位置，還能坐前後座，這世界也是夠巧啊！——理由中不以為然地說：這一切都還不是你設計的，你看女神坐那裡，你再想辦法把她前面的位置給佔到手。

這時，王老教授的一句話，把我從緣份是多麼地奇妙的意境中，狠狠地給拉了回來。

王老教授冷冷地說：補考低於四十五分，我們就再續前緣，這次不得討價還價。

我心裡想說：我寧可跟理由中玩親親搞GAY，也絕對不想再上你的課了！你的課在商學院是出了名地無聊和難搞。

我看了看考卷，整個心情大爽，因為昨天行銷神都有跟我聊到，而且剛剛還有提醒我。我暗爽：王老教授，看來我們緣份到此為止囉！

考試時間大概過了半小時，我已經寫得差不多了，便抬頭看了一下周遭的環境。我心想：那麼簡單的考卷，大家應該都寫得差不多了吧。而且，這種智障的考卷，我要是沒有考到八十分，真的可以去跳愛河了。

突然間，王老教授帶著他那讓令人看了想吐的賊笑，緩緩地朝往我這邊走來，我心想：王老教授怎麼往我這裡越來越近咧，而且還一付抓猴樣，難道我後面的人作弊嗎？

但為了確定那人是不是我的女神，也避免我幫錯人，變成砲灰，我先用了眼角的餘光一看，結果：YES。

那我就一定要展現男子氣概了！我這時冷不防地站了起來，大聲地跟王老教授說：「教授，我寫好了，要交卷」。

王老教授：考試時間要過三十分鐘，才能交卷，現在還不行。

我心想，一定要把你引開，這樣我的女神才會SAFE。就算要犧牲我，也要救到女神這一次。我：教授，那我可以去洗手間嗎？我的括約肌已經快守不住了，便意已經要攻破我的城門了。

王老教授：真的是懶人屎尿多，動作快一點啦！我還要回來監考。

回來之後，考試時間也過了三十分鐘，大家也開始陸續在交卷。

當我要走出考場時，有人把我叫住，我愣了一下，因為叫住我的人是我的女神。

女神微微笑地說：不管你剛剛的舉動是有心，還是無意的，都很謝謝你的幫忙。

我耍帥地說：不用跟我客氣啦！小事一件（表現出紳士的風度）。——黎群說你在對妹好的時候，不能邀功，要很謙虛。這樣後續發展的機會會比較大。

女神：我叫孟洵紋，I大財金，那麼我們現在是朋友了。

我暗爽地說：我叫李濠，請多多指教。——下次真的要把黎群那本泡妞小本子給幹過來，有夠厲害的，女生會有的反應和行為，都如這小本子所預料的，絲毫不差。

女神：下次如果有來「真愛茶坊」，我請客；或者有在學校遇到，再請你吃飯。我等等還有課，那我先走了。

我：OK，掰囉。
這時，手機響了，來電顯示：黎群。
黎群：ㄟ你在幹麻啊，現在有空嗎？有事要你挺我一次。
我：先說說看啊，太離譜的我是不會答應你的，因為我現在要走原則路線。
黎群：小事啦，我之前不是跟你說，我要把一個財金系的妹。然後，我覺得我這次好像能靠港了，但需要你幫我一個忙。
我：你在說笑嗎？你黎群哥，在愛情上你可是一枝獨秀ㄟ，怎麼可能會需要我們這種小咖幫忙。
黎群：不要在那邊說一些有的沒的，我那個妹是財金大四的，她叫鄭馨蕙。
我：靠，那真的「正吸引」你ㄟ，那我能幫你什麼呢？
黎群：等等陪我去上十一點的課，今天午餐你的份，我包了，當做謝禮。
看在午餐的份上，和黎群如此地識大體，知道請人幫忙要給一些好處，我就陪黎群去上課了。
到了鄭馨蕙上課的教室，我赫然發現我的女神也上同一堂課。
今天是怎樣，老天一整個大幫我阿濠哥，一再地製造機會給我和女神相遇。

國小老師教我們：打鐵要趁熱。剛讓女神對我有好感，所以位置一定要選在她的旁邊，繼續進攻，增加好感指數。

而黎群呢？眼神只有「正吸引」，當然就像隻發春的小蜜蜂，嗡嗡地飛到了她的旁邊囉！

一堂課下來，看到黎群使出他的渾身解數，一直在逗「正吸引」開心。也看到鄭馨蒽「正」被黎群「吸引」，不虧是I大把妹界的第一高手。

看黎群進度趕那麼兇，輸人不輸陣，好歹，我阿濠哥也傳了「半」節課的紙條。保證一刀未剪，紙條內容如下：

我　：哈囉又見面了，妳也是大四喔，也有上這堂課啊（趁機更了解她的背景）。

女神：對啊，我是大四，你也修這堂課嗎？我怎麼之前沒看過你？

我　：沒啦，陪朋友來旁聽的，他喜歡的女孩上這堂課（指黎群的方向給她看）。

女神：看得出來。

我　：呵呵，那等等要一起吃飯嗎？

女神有答應邀約的話，根據黎群所說的成功機率會有百分之九十二。

在這成功與否的關鍵時刻，有一個人說話了，就是教授，他指著黎群那方向，指完後指我這方向。——教授，你真的很搶戲ㄟ，人家把妹把到關鍵，你講什麼話啦！

他說：你們這兩個人是怎樣，從一上課就一直把妹，把到無視於我，那我也只好無視於你們兩個，請你們出去，以後我的課不要再讓我看到你們兩個人了。不然見一次，我就趕你們一次。

我和黎群，只好鼻子摸一摸，悻悻然地離開。

男人的承諾是很重要的，雖然課沒有上完，黎群還是得請我吃飯。

在吃的途中，我越想越不爽，整個大好的局勢就這樣沒有了，於是我罵了黎群。

我：要不是你太超過，教授也不會趕我們出來。

黎群：你還敢說我喔，要不是你在那邊亂，我早就可以約到她跟我吃飯了，哪是跟你這死棒子在這裡一起吃。

整頓午餐，我們就在互相指責對方的不是中結束了。沒有進度的兩個人，各自落寞地回家休息。

回到家，我的第一個動作是開啟電腦，看我精心經營的網友們有誰在線上。並且和在線的網友聊天，想辦法把網友轉化成真實的朋友，去增加我追求的對象人數。但今天的我開完電腦後，就體力不支地倒在床上呼呼大睡，因為昨晚和行銷神聊得太晚囉！

突然，電腦傳來叮咚的聲音，我想說起來看一下好了。奇怪這個暱稱「給你擁擠的內心世界多一點別的聲音，好嗎？」，我怎麼一點都不熟啊！

我來看一下她的帳號uglygirl5438@hotmail.com，這不是那天照片正到翻那個妹的MSN交友代號，果然加個hotmail.com就是她的帳號喔，我會不會太會猜了一點啊！

最近桃花真的開很多朵，每朵都看起來很大，害我都想唱小春的〈老天爺〉來表達我對老天爺的感激，但轉念一想還是作罷。因為，我怕鄰居去跟管委會投訴，有人亂製造噪音，或者去跟環保局檢舉有噪音。

給你擁擠的內心世界多一點別的聲音，好嗎？：你是誰啊，我應該不認識你吧。

我：我在MSN交友看到妳的，就加妳的代號試試看了，沒想到讓我試成了，可以跟妳當朋友嗎？那我該怎麼稱呼妳呢？

給你擁擠的內心世界多一點別的聲音，好嗎？：好啊，我叫小孟，你呢？

我：我叫阿濠，很高興認識妳。

給你擁擠的內心世界多一點別的聲音，好嗎？：我也是，不過抱歉，我正要出門去打工，改天說。

我：好啊！掰囉！

給你擁擠的內心世界多一點別的聲音，好嗎？已經顯示為離線，「好啊！掰囉！」這句話由於對方離線，沒被看到。

我心底浮出一個不祥的預感，是不是又被打槍了；但應該不至於啊，因為我放的照片是遠照，她應該看不清楚我的臉吧！所以，我想她應該不是因為我的外表打我槍，只是單純地有事離線。

有沒有被小孟打槍都沒差，我今天已經認識了女神，下次一定要跟女神要聯絡方式。將小孟突然地離線作一番合理解釋，並自我安慰後，我繼續去睡回籠覺，今天的補考已耗掉我大半元氣。

戀愛，我好想5

每個男人都想當女神無限可能的未來，而不是有限的現在。

睡了個覺，起來居然已經早上五點了，實在睡太久，睡到都可以直接吃早餐。既然起來就起來了，那就來寫個一天的行程表，所謂：一日之計在於晨。那我把計畫做好了，且照著做，就代表我會有一個「聖人」的一天，久久過一下「聖人」的日子也不錯。

今天最重要的行程，就是早上十點去王老教授的辦公室外，看看我的行銷補考有沒有過，因為不想再跟王老教授有分不開的孽緣了，我一定要在今天把這緣份斬斷。

根據我補考成績公布十二次的經驗，當中有十一次考過，早餐都是吃麥當勞，吃麥當勞當早餐，補考考過的機率高達91.6666%，所以今天勢必要去吃一下的。

吃完麥當勞後，我整個人信心滿滿地朝王老教授的辦公室走去，因為我的行銷成績，想必是高空飛過。

在離辦公室五十公尺左右，眼前忽然閃過一個身影，那不是女神嗎？我衝上前叫住她。黎群說過相處的機會越多，變熟的機率越高。

我：HI，那麼巧，居然在這遇到妳，來看成績嗎？

女神：就想說今天沒有什麼事，早點來看成績。

我心想太好了，等等看完成績，我就要跟妳討幫妳Cover作弊的功勞，邀妳去吃午飯。

我：那走吧，一起去看。

到了辦公室外，看到成績已經公布了。不看不氣，一看整個人氣到都沸騰了，我跟行銷神談心談了那麼久，居然只有四十六分，差一點點，就要跟王老教授再續前緣。

我實在是想不透，我就算寫得再怎麼爛，也不至於爛到比合格分數多一分啊！這次的行銷考試，可是我進大學以來，第一次把考卷寫完，還很有信心的一次。

可能是王老教授忘了去Update行銷最新的觀念，看不懂我寫的那些最新的行銷見解，好歹我可是被行銷神選中的男人。——黎群冷笑地說：應該是被自戀神選中的男人吧！

再看到女神的分數，我整個冏了，整整是我的兩倍，是九十二分。

我心想女神難道不是不會寫而作弊，而是為了想追求滿分才作弊？

這女人未免也太追求完美了吧！

我故作瀟灑地說：既然，我們補考都有過，那不如一起去慶祝一下，我想兌換上次妳給我的「約會券」。

女神：你確定你現在就要使用，不會太浪費了嗎？

我：浪不浪費是看怎麼去認定，不過我覺得很值得，還超值很多。

女神：好吧，那我們要去吃什麼慶祝呢？

記得黎群說過：跟正妹第一次吃飯，場所一定要具備三個條件：一、VIEW要好，二、氣氛要佳，三、場所要夠殺。只要具備上述三條件，第一印象應該都有八十分。

而第一印象有八十分，剩下的表現只要不要太鳥，應該都會成功，再獲得下一次約會的機會。

這時我的腦以每秒一千兩百轉的速度運轉，要去搜尋一個完美的地點。終於，我想到一個地方了，完全符合上述三個條件，那就是黎群每次要告白都帶去的地方——Pasanova義大利餐廳，據黎群說他告白十五次，成功十六次。多一次是因為他在告白的時候，隔壁用餐的女生被他感動到了，自願當他馬子。

我：不然我們去吃義大利菜，我知道有一間還不錯的說。

女神：OK啊，我還滿喜歡吃義大利菜（濠哥自評：第一印象分數從十分進階到二十五分）。

到了餐廳後，看到女神滿意的笑容（濠哥自評：第一印象分數從二十五分進階到三十五分），當我們要坐下來點菜的時候，看到了一對「瞎情侶」（組合是帥棒配醜妹），當我正要找女神笑他們那對的時候，發現女神的臉色很不好看，也看到那帥棒臉色有異，難道那個帥棒是女神的男朋友?!

這時，女神開口了。她帶著抱歉地口吻說：阿濠，不好意思，我身體忽然有點不太舒服，我們改天再出來吃飯。好嗎？

我略顯失望地說：好，我送妳回去，身體要緊。

我心中暗想：真的是有夠衰！都已經成功出動了，還會被一個帥棒弄到，搞得我一整個敗興而歸。

女神和帥棒的關係將會是我追求女神的一個重要關鍵，我一定要搞清楚他們是什麼關係。

送女神回家後，我鼓起勇氣開口跟女神要聯絡方式，因為不可能每天都在過年，一直遇到女神。

我：可以給我妳的MSN或電話嗎？方便我下次約妳。

女神：不然你給我你的電話好了。我再跟你約吃飯。

我心中一想：不妙，妳這意思不是就在跟我說「謝謝再聯絡」嗎？唉，難得開頭起得不錯，結果又是以失敗收尾。真夠衰的！

我故作大方地說：好啊，我的電話是096XXXX1。那妳早點休息，有空再約。

黎群說過：把妹失敗，離開的背影也要保持住帥氣，不能把情緒反應出來。

女神：掰囉。

計畫改不上變化，本來要灑大錢請女神吃好料的，現在卻只能窩在家，孤零零吃著味味一品。

現在心情整個大壞，找理由中聊個天好了。他那人，雖然愛找理由，但他還蠻會分析事情的，問他怎麼看待女神今天發生的事。

電話接通後，我：理由中，問你一件事。

理由中急促的聲音：阿濠哥，人有三急，我現在的狀態是第一急（內急），我等等好了再打給你。

現在是怎樣，從看到帥棒後，就沒有一件事情順利的，明天去橋下找神婆，來打個小人好了，把帥棒的運氣給打掉，全部打到我這裡。

戀愛，我好想6

最幸福的事，就是安靜地陪伴在你的身旁。

在打給理由中五分鐘後，那個傢伙回撥了。上廁所的時間如果有比賽，他應該世界第一。

理由中：有何貴事，你很難得會打給我，說要找我聊天、談心。雖然我也有事要找你。但我要把這一天記起來原因：「李濠會花手機錢打給朋友聊天」。

我：問你一件事，你幫我分析分析看看。

理由中：我又不是讀分析系的，最好我每件事都會分析，不過你說說看，看是什麼樣的鳥事要我分析。

我：就今天，我跟一個女生去吃飯，結果那女生看到別桌的男生後，臉色大變，然後就跟我說，她身體不舒服要回家，你覺得那男的是不是跟這女的有關係。

理由中：你是白痴喔，這個連豬都會分析好嗎？不過就我覺得，那男的可能傷害過那女的，不然你想想，怎麼會一看到人就臉色大變？我猜想，他們之前可能是一對，而且不久前才分開。

我：那我是不是要去找個徵信社，調查一下他們的關係啊！

理由中：你是白痴還是變態？你連那男的跟那個女的是什麼關係，你都要管，你是那女的爸爸嗎？管那麼多。對了，我先打個岔，聖誕節是這星期六，今年的聖誕夜我要搞個Party，慶祝我生日，算你一份，要準備禮物摸彩，禮物你要買超過三百元，你不要去十元商店買來充數喔。

我：好啦！你生日就還很久。不過我跟你說真的，這女孩我覺得是我的真愛，我的感覺很強烈。你生日Party的時間、地點確定好再跟我說。我要想怎麼調查出帥棒的身分，不跟你聊了，掰囉。

掛上電話後，我的腦筋馬上以每秒兩千四百轉的速度運轉，那男的到底跟我的女神是啥關係？我又要怎麼知道他們的事？一連串的問題，使得腦筋運轉速度過快，進而導致大腦缺氧，雙眼閉上，我睡著了。

忽然，我的耳朵傳來了「多謝老天爺　把你給了我　我的愛勝過全世界……」我的第一個反應，媽的，隔音真夠差，那麼晚還有人唱歌，而且還不是普通地難聽。

再仔細一聽，靠！這不是我去年參加國貿系K錄的DEMO帶嗎，想說設定成手機鈴聲，可以無時無刻欣賞我好聽的歌聲，沒想到現在反而把我嚇醒了。

看一下時間，凌晨四點，來電顯示：098XXXX5，奇怪這號碼我沒看過ㄟ，該不會是哪個智障朋友喝醉了，叫我起床尿尿吧。

我語帶不悅地說：喂，請問你是誰，你知不知道現在幾點了，請有點水準好嗎？

陌生女聲：你為什麼要拋棄我，你這個負心漢，你怎麼可以讓我夜夜買醉才能忘了你。

一聽到女生的聲音，我阿濠哥就兇不起來了。

我：小姐，不好意思。第一：我不認識妳，所以不可能拋棄妳。第二：從來就只有我被人打槍，還沒打人槍過，妳一定找錯人了。

陌生女聲：你很沒幽默感ㄟ，換隻電話，裝個聲音，你就認不出來了。我是你最好的女生朋友——蔣琳。

蔣琳——我最好的女生朋友，大一迎新因為分到同一組，而開始熟的。或許，她不像其他的女生扭扭捏捏的，她的自然、大方、不做作，讓我覺得可以跟她當Party Boy。

我勃然大怒地說：妳真的很沒水準，現在是幾點，妳還打電話來亂。

蔣琳：我就心情不好，想說打電話叫你起床尿尿，順便陪我聊天。

我：大姐，明天我再開車帶妳去我們的「祕密基地」散心，但現在饒了小弟我，我真的很累。

蔣琳：那我還要外帶一份Starbucks的早餐，謝謝阿濠哥。

我心想：妳這趁火打劫的女人，要不是我想睡覺，外加上媽媽教我不能掛女生的電話。不然，妳怎麼可能打劫成功。

我不耐煩地說：好啦，我知道了。先降，掰囉。

被她這樣一吵，一時之間，睡也睡不下了，離跟蔣琳約會還有三到四個小時，起來上個網、找個妹聊聊天打發時間，免得睡過頭。

我們這群朋友都是土匪，如果約會有遲到或放鳥的情形，那下場都很慘，荷包都會被狠狠地敲詐一筆。

打開MSN，新認識的網友小孟，她居然在線上，爽快！原來她沒打我槍，這應該是這一天，我所遇到的唯一一件好事。

我：晚安，怎麼那麼晚還不睡啊。

給你擁擠的內心世界多一點別的聲音，好嗎？：對啊，因為剛打工回來，弄一下電腦，待會就要休息了。

我：可以問妳住哪裡、多大嗎？

給你擁擠的內心世界多一點別的聲音，好嗎？：我在高雄讀書，我二十一歲，你呢？

BINGO！

阿濠哥的OS：在高雄讀書，就有機會出來見面，太酷了！——理由中：見面機會百分之二十五。

我：我也是ㄟ，我讀I大，你呢？

給你擁擠的內心世界多一點別的聲音，好嗎？：呵呵，有那麼剛好的嗎？我剛好也讀I大。

哇！網友跟我同學校，那我更有機會了（阿濠哥戰鬥力提升中）。——理由中：見面機會。百分之三十五。

我：那妳在哪打工啊，怎麼上那麼晚的班呢？

給你擁擠的內心世界多一點別的聲音，好嗎？：今天剛好跟同事調班，不好意思，我有點累了，我們改天聊，晚安。

我：OK，晚安，祝妳有個好夢。

看一下時間，整理一下儀容，加上幫蔣琳買個貴死人的早餐，約定的時間就差不多到了。今天一定要帶她去散心，不然我可能會三不五時，一直被她半夜叫起來尿尿。

到了蔣琳住的地方，發現我被放鳥了，因為那女人還在睡，根本忘了有跟我約。但我被放得很開心，因為換我可以跟她狠狠地打劫一番。這告訴我們，不要隨便「喇叭」朋友，不然下場會很慘。

想一想，我可以自己一個人去散心，好好地沉澱一下自己。畢竟戰袍已經穿好，戰車也開了出來，不出去走走，實在太可惜了。因為說不定會有美麗的邂逅。

戀愛，我好想7

人可以喜歡很多個人，但只會愛上一個最值得的那個人。

一個人穿得帥帥的要去哪裡，才會有美麗的邂逅呢？

想了又想，去充滿著書香味的咖啡館，喝個咖啡，再搭配個世界名著，整個有氣質，那麼路過的妹，看到一個穿著皮衣，整個很「勇基」——韓劇《壞愛情》中的男主角權相宇——的男生，喝著咖啡，看世界名著，這樣哪有會不動心的道理？

打個岔，所謂的「勇基」裝，一定要是身穿酷勁十足的皮衣，內搭V領T恤（這樣才可以把太陽眼鏡掛在胸口），身穿一條窄版的牛仔褲，腳穿真皮的靴子，一定配帶LG的手機，這樣才有「韓國風」。——理由中和黎群旁白：比較像前輿農牛洋投「勇壯」。

我走進誠品書局內的咖啡店，點了一杯曼特寧，打開我永遠看不超過五頁，每次都從第一頁看起的書《小王子》，一直等待著女生會上前說：你真的很像「勇基」，我可以跟你一起坐，喝杯咖啡、認識一下彼此嗎？

大概裝模作樣了半個多小時，居然都沒有妹主動邀約，要跟我一起坐，難道妳們對高雄的「勇基」都當做空氣一樣，視若無睹嗎？真的太超過了！妳們全部都要去看眼科——理由中：你才應該去看精神科。

突然間，我的眼前閃過了一個熟悉的人影。這次不是女神了沒有每天都在巧遇的，而是那天讓女神臉色大變的帥棒，不過旁邊還是原班人馬——那天的醜妹，這個醜妹跟我的女神哪能比啊！那為什麼帥棒會選擇她呢？

這個組合，如果以數學來說的話是$Lim(x \leftarrow \infty)1/x$（這意思是當$x$趨近為無限大而$1/x$的值接近為0的）；以白話來說，如果你是金城武，那喜歡你的妹很多，在那麼多妹當中，你去選擇了一個完全不是你的菜的妹，這個機率是幾乎為0的。

看來這個帥棒有被調查的必要，如果被我調查出個什麼來，會讓我追女神的進度來個大躍進。這時，我真的很討厭我自己，隨身攜帶的書為什麼是小王子，而不是三十六計。

古有明訓：「書到用時方恨少　錢到花時方恨薄」，真的是一點也沒錯！我要怎麼做才能不著痕跡地打探到我要的消息呢？

我想了一下，我可以使用求救，於是我call out給I大的校草黎群哥。他應該常常遇到需要跟情敵交手的情況。

電話接通後，我：黎群哥，要怎樣才能跟情敵探聽我要的情報呢？要用什麼計謀嗎？

黎群：用計謀那種扭捏的做法，我從來沒再用的，我只奉行巴頓將軍說的話。

我：那是什麼？

黎群：就是「進攻，進攻，再進攻」，所以你要用的招數是「逼問，逼問，再逼問」。

我：你這方法我用了，要是有人會理我，我跟你姓賴，當我問錯人了，浪費我的手機費。

黎群：那就是你自己沒有技巧，好心教你我的絕招，還被你嫌，真的是世風日下啊！

不想再浪費時間和我的電話費與黎群繼續沒營養的對話，馬上掛上電話後，再call out給理由中。

我：理由中，憑你那麼會找理由的功力，我要用什麼理由跟情敵打探我要的情報呢？

理由中：很簡單，兩個字：「賄賂」。你不是都跟我說，你身上的錢有五疊，每一疊起來有一百七十公分高，嗆說還比我高，那就用錢跟他買你要的情報。我想拿兩疊一百公分高的一千元給他，應該就可以了。

我：你這方法比黎群的更爛。我要是以後再打電問你，我就隨便你，一點建設性的意見都拿不出來。

算了，我決定見機行事，問了兩個白痴，還浪費我的電話錢五十三元，結果一點幫助都沒有。

因為整個腦中都在思考，怎麼獲取情報。所以我的身體在不知不覺中，就本能反應一直尾隨帥棒他們的後面，當我回過神時，人怎麼不見了。

這時，我心裡正想說：人咧？

帥棒突然拍了我一下，並口氣很差地說：先生，你一直跟著我和我的女朋友做什麼呢？我希望你自重一點，這位美麗的女士已經是我的女朋友了。請不要騷擾她，好嗎？

我心中暗想，我又不是眼睛度數不夠了，把你的女朋友從醜妹看成貂嬋。

當我轉頭和他四目相交，他看到我的臉色，有點不自然地抖動。因為他知道，我是找他的。

帥棒故作神色自若地說：你不是那天跟洵紋吃飯的男生嗎？請問你有什麼事嗎？我想我應該和你沒什麼好說的吧。

我：我跟你當然沒什麼好說，但我們可以好說的是洵紋的事，借個時間，我們好好地說一下。

帥棒：你看到的，我現在不太方便說這件事，況且真的沒有什麼好聊了。反正，我不想再看到洵紋，也請你幫我跟她說，她不要再放不下，一直想試圖跟我聯絡，我和她已經結束了。

聽完這話，我整個大火，我的觀念是：不管怎麼樣，兩人要分開，要說清楚，其中一方不要用自以為為對方好的態度去處理。

我：你要我幫你跟她說，我是可以幫你，但我要完全了解你和她的事情，不然我不會幫你的。

帥棒：好，我答應你（勉強狀）我會再找時間跟你約出來說。我叫璽鍑，我的電話是０９７０１ＸＸＸＸＸ。

我：我的電話是０９６ＸＸＸＸＸ１。那我就等你電話。

沒想到當跟蹤狂，反而達成我所要的目的。

走回去我的白色ALTIS途中，我一直思考著璽鍑和女神之間的問題，總覺得他們之間沒那麼單純。這時手機響了，又是那首會嚇人的〈老天爺〉把我拉回現實，來電顯示：蔣琳。

戀愛，我好想8

愛情明明是二選一的選擇題，但我們的答案往往不是單一解，有時是無解和無限多解

我：蔣阿姐，請問現在是幾點了，還知道要打來喔！我們好像是約吃早餐，而不是晚餐ㄟ。

蔣琳：呵呵，我一不小心就睡過頭了，一起來看到你三十八通的未接來電和擺在我家外面的Starbucks早餐。我就知道我一定要打來跟阿濠哥您請罪，請原諒小妹的無禮。

我不懷好意地說：我是可以原諒妳啦，但代價會很大，妳願意接受嗎？

蔣琳暗想，這小子要坑我就直說，還在那邊「餓鬼裝小心（台語）」。

蔣琳咬牙一忍：那阿濠哥，我們去吃南天鐵板燒，我好久沒去吃了，你願意陪我去吃嗎？

聽到要去吃鐵板燒，心裡只有一個字：賺！不得不讚嘆這女人很懂我，請太便

宜的我絕不會理她的，而且還會斥責她。

我：那還等什麼呢？蔣小姐，五分鐘後妳家樓下見。

五分鐘後，看到蔣阿姐已經在樓下等我了。我一整個不敢怠慢，車子一停好，三步併兩步地走到蔣阿姐的面前，我將腰微微地彎了十五度替蔣阿姐開車門，這禮數一定要做到夠，讓阿姐開心，因為付錢之前她都有可能反悔。

蔣阿姐看到我的表現非常滿意，整個龍心大悅，並開口：司機，可以上路了。

我心中暗想，居然敢叫我「司機」，妳好大的架子。但我一定要忍，在還沒有吃到我夢寐以求的高級鐵板燒之前，我都要忍。孟子有教我，「能忍人所不能者，是謂大丈夫」。

走進去南天鐵板燒，裡頭有高級到跟金錢豹有拼的裝潢，還有三步一崗，五步一哨的服務生隨時等著為你服務，因為我很少被這樣高級地對待過，讓我覺得這一切的忍耐都值得了。

我雖然這人愛找理由坑人，但「坑亦有道」，我只點了「最便宜」的鐵板牛肉。忍氣吞聲了兩個小時後，我終於吃完了高級鐵板燒，蔣阿姐也很「認命」把錢付清了。

吃飽後，我問蔣琳：蔣阿琳，今天星期幾啊？

蔣琳：星期四啊，怎麼了嗎？

我：你忘了嗎？理由中那個鳥人的生日要到了，他不是要辦個Party，要交換禮物，你要交換的禮物買了沒？還有我是想說我們合送他一個生日禮物好了，妳覺得如何？

蔣琳：好啊，不過我剛吃鐵板燒，嘴巴好油又好渴唷，但身上的錢又都拿去付吃的，不知道有誰應該跳出來付飲料錢，不然我可能會沒有力氣到百貨公司挑禮物喔。但我現在只想喝Starbucks的大杯冰拿鐵。——蔣琳妳很會搶耶，剛被坑馬上就要坑回來。

我：好啦，我會請妳喝，麻煩阿姐上車陪我去挑禮物好嗎？

一到Starbuks整個大失血，蔣琳不但喝了大杯冰拿鐵，又說想吃蛋捲，又給我拿一盒蛋捲，我的錢包整個被搶很大啊！

到了漢神百貨，因為沒有靈感要送理由中什麼禮物和交換禮物要買些什麼，我和蔣琳決定從八棲慢慢逛下來。

這逛的途中，總覺得很多目光在看我們這邊，難道大家在看「高雄的勇基」

——李濠我嗎？

不對，看我和蔣琳的人大部份都是男生，都是賊賊中帶有一絲絲害羞的笑。如果是看上我，這有點恐怖，我阿濠哥可不是插座也非插頭，更不是雙用的插座和插頭。

再仔細一看，發現那些男的都是在看蔣琳。奇怪，蔣琳是有正到這程度嗎？讓每個看她的人，都嘴巴微張，口水都要滴出來了。

這時我開口跟蔣琳說。

我：想不到，帶妳出來很有面子，一堆人在看妳。

蔣琳神氣地說：那還用說，你不知道我行情很好喔。你呢？你怎麼看我。——說這句話時，蔣琳的眼神是有一點充滿期待的，好像希望得到我的肯定似的。

可惜，我沒吃誠實豆沙包，我也不是基督徒要遵守十誡，而重點是：我不能讓她傲慢起來。

我：是還OK啦！大概有比「佳玲」好一點。

佳玲是我們系上連鬼看了也哭的女生，因為鬼可以在人世間遇到同類，感動到哭了。

聽到我這樣說，蔣琳整個火大了，一聲不吭地往前走。

我心想，虧妳一下，妳幹麻火氣那麼大，哥兒們當那麼久了，真的很小心眼，開不起玩笑。

轉念一想，還是把她追回來好了，朋友之間，實在沒必要為這種小事破壞感情。

於是，我一個箭步向前，把蔣琳拉回來，這一拉拉得太用力，反而把她拉到我強壯而溫柔的臂彎中，我俯視著她，然後，我緩緩地說出：琳，對不起。

說完這句話，蔣琳整張臉紅成蕃茄且愣在那邊，二十秒後，才整個人彈離開我的臂彎，並嚴厲地斥責我，說我是「不速鬼」。

我一點也不以為意，因為看到她笑了，我就放心了。

最後，我們送給理由中一件ＣＫ的內褲，因為他的四角褲都很醜，但他又很愛露，最起碼以後他露的時候，褲頭是ＣＫ的，也比較有質感一點。

送蔣琳回家後，我的電話響了，來電顯示：璽鍑。

終於，可以知道你是怎麼對不起我的女神了。

戀愛，我好想9

一個無法彌補的遺憾，就像傷口結疤一樣，儘管看起來是好的，但一切和當初都不一樣了

看到璽鍑打來，我知道他要跟我說他和女神的事情，於是我先送蔣琳回家。然後到指定的地點和他見面。

璽鍑指定一間巷子內的居酒屋，是一個非常低調也適合談事情的場所。

我到的時候，看到璽鍑已經來了，一個人靜靜地喝著SAKE，眉宇之間似乎有解不開的結，只能借酒澆愁，我看到之後，不由自主讚嘆地說了：好一個憂鬱型男璽鍑。連喝酒都那麼地有氣質和憂鬱。難怪，我的女神會煞到他。

我坐在他對面的位子後，他開口說：這件事在我心裡很久了，一直是一個無法抹滅的傷口，我以為它經過時間的洗禮後，已經痊癒了，直到那天我再看到沟紋，才發現事實不是如此。原來這個傷口是不可能會有好的一天了，就算它結成疤，也和當初不一樣了，不可能回到過去，什麼都沒有發生過的當初了。

說完這些話，璽鍑又乾了一杯SAKE，再緩緩地開口說出他和女神之間的故事。

他說：沟紋有一個雙胞胎姐姐，叫沟玶。她是我最輩子最愛的女人。在我和沟玶交往的時候，因為愛屋及烏，所以我也一直把沟紋當自己的妹妹在愛護，或許是這樣的對待方式帶給沟紋錯覺，讓她喜歡上我。

他幫我倒一杯SAKE，要我一定要跟他乾杯，感覺璽鍑已經有七八分的醉意了。看到璽鍑把自己搞成這樣子，讓我覺得我好像《壹週刊》的記者，為了獲得獨家，一直不顧當事人感受，猛挖隱私。

璽鍑：那時我並沒有感受到沟紋對我的感覺，因為我的眼中和心裡都是沟玶，那時的我可以說是「情人眼裡容不下一粒沙」的代言人吧。

說完此話，璽鍑的嘴角不自覺地上揚，而且呈現痴呆狀，感覺在回想過去的甜蜜。

看到此景，我領悟到擁有過的幸福，是不會因時間的流逝而消失或褪色。但現在的我是要以獲取情報為第一優先，沒時間去欣賞痴情男。

於是，我大喝一聲，把璽鍑拉回了現實，請他繼續說他和女神的故事。

我：現在我不是來看你悲傷和聽你訴說你的感情生活，我只是想知道你和沟紋，到底發生了些什麼事情。

璽鍑：抱歉，我失態了。因為這些事我從沒對人提起過，所以一觸碰到這些事的時候，我就不自覺地想一股腦的說出來，宣洩我心中的壓力。言歸正傳，我和沟玠交往了大概兩年吧，兩年前的聖誕節，也就是我們的兩周年紀念日，我們約好在大遠百的門口見面，只是那天她卻沒有出現。我正納悶為什麼沟玠爽約時，沟紋打給我說：姐姐出車禍，所以當我再見到沟玠的時候，地點已經是在醫院了，原來她在來赴約的途中車禍身亡。

聽到整個有點小震驚到，沒想到，璽鍑他有跟偶像劇一樣的淒美愛情故事。不過我聽到現在，怎麼還沒聽到女神跟璽鍑的關聯，看著璽鍑一直喝酒，很怕他醉了。因為他醉了，我就整個賠大了，我不但沒有聽到我要的情報，又要付全部的錢，最慘的是還要載他回家。

於是，我藉口去上廁所，偷偷地去請服務生幫我把SAKE換成白開水，不能再讓璽鍑喝了。不然，我不就賠了夫人又折兵。

我回座後，璽鍑繼續說著：當時我整個很震驚，因為這種情形1/9999999的機率，居然讓我遇到。失去沟玠後，我整個很消沉也很自責，一直自責自己，為什麼我那天要約她呢？我失去了我的摯愛，讓我覺得生活沒有了意義和目標，於是我失去了走下去的動力，過著行屍走肉的生活。甚至連洵玠的喪禮都沒有參加，我真是一個混蛋。我無法接受，我和洵玠分開的場景，我怕我會失控。就在喪禮後的三天，洵紋找到了我，她看到我這個樣子，傷心欲絕，並說出她隱藏許久的心意，她對我說：我喜歡你很久了，我願意當我姐姐的替身，只要你肯跟我在一起，我什麼角色和地位，都可以接受。

故事聽到這，我整個人呈現一個下巴脫臼的驚訝狀態，因為璽鍑和女神發生的事比市面上的偶像劇還唬爛，讓我覺得璽鍑可以去當三立八點檔的編劇了，那麼唬爛的事，也說得出來，他以為他可以騙倒我嗎？

我：璽鍑，騙人也有個限度好嗎？第一、我作文一直以來就不好，我沒辦法把你淒美的愛情故事寫出來和出書給大家看。第二、你跟台灣龍×風的編劇是同門師兄弟嗎？這麼扯的事，你也說得出來。

這時，璽鍑的臉很沉重，他以十分嚴肅的口吻：如果我說的有半點虛假，我會受到男人最悲慘的懲罰──一輩子孤獨到死和沒有女生愛。

我聽到璽鍑用他的一生和愛情做發誓的賭注，我：好，那我相信你，請你繼續說。

璽鍑：那時的我心裡很孤單和慌恐，每天都活在失去洵玷的陰影下，對生命也沒有一個方向。於是，我答應了洵紋的要求，和她交往，希望可以藉由和洵紋交往，說不定我可以忘了洵玷的一切，和走出失去洵玷的陰影。只是和洵紋交往後，我發現我自己只是一直把她當做洵玷的替身，其實我一點也不愛她。這樣對她一點也不公平，所以我決定要把自己從洵紋的生命中抽離開。最後，我選擇出國，遠離台灣的一切，我不告而別，留下洵紋自己面對這一切。這就是我和洵紋所發生的事。你知道你想知道的，這樣你滿意了吧。

我聽完之後，真想揍璽鍑幾拳，他的行為不但是小孬孬，而且還是個混蛋，用這種方式對待我的女神。一點男人的擔當都沒有！

我用曉以大義的語氣說：你用這樣子的方式去處理你和洵紋的關係，你知不知道，這多傷一個女孩子的心？我真覺得你很糟糕。但我也希望你好好地重新思考，希望你可以對洵紋做一些彌補。

我頭也不回地離開了，把璽鍑晾在那。因為我完全不想付這筆帳，酒我也沒喝什麼，東西我也沒吃到，雖然我獲得我要的情報，但我就是不爽付啦！——理由中：完全是一個小氣鬼啊！

離開了居酒屋，但因為事實的真相讓我沒有辦法可以馬上接受。於是，我開著我的白色ALTIS來到中山大學裡面，坐在防波堤上，思考著能為女神做些什麼。可以讓女神心中的傷慢慢地痊癒。

戀愛，我好想10

最快樂的付出，是為了所愛的人而努力。

就在我渾身散發著憂鬱的氣息凝視著海、在想能為女神做些什麼時，忽然看到一群阿伯和阿婆放著吵死人的音樂，在跳健身操。吵到讓我整個從憂鬱的狀態抽離，我看了一下手錶，已經是早上七點了。

想不到，我「愛的沉思」可以那麼久，破我用腦時間最長的記錄。只能說是「真愛無敵」。

我心想：叫理由中起床尿尿好了，順便找他出來吃個陽光早餐，然後再回家大睡，今天是聖誕夜應該要慰勞自己，平常上課那麼辛苦，所以我自己准我自己放假一天。

這時，手機響了來電顯示：理由中。

我接起手機：正要找你而已ㄟ，找我有事喔。——爽快，又省下一筆電話費囉！

理由中：阿濠哥，不知道我有沒有這榮幸，請你吃早餐。小弟我有一事相求，望兄成全。至於何事，我們見面再說。

我心裡想：這傢伙無事獻殷勤，必定又要跟我借東西了。我難得抓到這個機會，一定要狠狠地敲他一次竹槓。

我和理由中約在I大門口見面，我見到理由中後獅子大開口說：理由中，我忽然想吃金典酒店的早餐，不知道中爺是否首肯呢？

理由中帶著一臉不可置信的表情：太誇張了吧，你是土匪嗎？我是要借你的別墅，來辦我的生日趴，難得這次有很多妹要來參加的說，因為我都跟他們說要在美術館的透天別墅辦，當我是兄弟的話，就幫我做個面子。不然，你就跟傳言說的一樣。

我挑眉地說：傳言說我哪樣？

理由中：大家都說你小氣又愛吹牛，每天只會臭屁說你家多好、你多有錢之類……等等。說不定你的白色ALTIS還是法拍車，是你去撿便宜撿到的。

我聽完之後勃然大怒，我對理由中說：這些話你也信，你有沒有腦袋啊！

理由中不甘示弱地說：證明給我看啊，也證明給大家看，你並不是小氣又愛吹牛的人。做人不要光說不練，阿濠哥！

當時我壓根兒沒想到這是激將法，我就很直接地答應他了。

理由中：這樣才像我認識的濠哥，我可以請你吃東方美，東方美吃完，還可以吃美而美，要讓濠哥您吃到飽。

我用近乎歇斯底里地的口氣說：靠！東方美跟美而美的等級都差不多，你隨便選一家吃一吃就好。

吃完早餐後，理由中臉上喜孜孜地說：那就約晚上八點在漢神巨蛋大門口等，開你的白色ALTIS出來ㄟ，幫忙載妹。

回到家後，我一直昏睡，昏睡到又是那首我唱得難聽到不行的〈老天爺〉把我吵醒，奇怪我怎麼會錄這種東西當鈴聲呢？而且還敢去參加系K。

看一下來電顯示：黎群。

黎群：阿濠哥，晚上不是要去理由中的生日趴，可以載我和鄭馨蕰一程嗎？

我不敢置信地說：FUCK！你追到了喔，會不會太快，不到一個星期ㄟ！還有你會不會太超過啊，居然叫我去當你的車伕！

黎群：你以為我想拜託你喔，欠你人情比當gay還痛苦好嗎？要不是我女朋友有一個同學也要去，不然我才不會叫你載咧。

我：是女生我才要載喔。

黎群：不然咧，大家都知道你那台車不載棒子的。

我喜孜孜地說：那你時間快到再打給我，我要先去洗「勇基」裝，穿上它後，今天晚上我必定是全場的焦點。

離Party開始的時間，還有三個小時，想說上個ＭＳＮ聊個天，發現小孟在線上，機不可失，一定要聊一下的啊，增進一下感情。

我：哈囉，好久沒看妳上線了，最近好嗎？今天聖誕夜，有節目嗎？

小孟：就還過得去啦，今天晚上會跟朋友去玩啊，怎麼了嗎？

我：那還不錯，好好玩，也請你要注意安全（這樣講應該有貼心到吧？）

小孟：呵呵，你也是喔。聖誕快樂！

我：對了，妳上次說妳跟我同校，那妳是讀什麼系啊？

小孟：抱歉，不方便說ㄟ，等我們熟一點再跟你說，不好意思。

我：ＯＫ啊！那我還有事要忙，先離開。Merry X'mas！

小孟：掰囉。

聊完之後，我打開我的戰歌〈一枝獨秀〉，接著去洗我的「勇基」裝，今天一定要穿的人模人樣，今天的我一定要是全場矚目的焦點。

待會得提早出門，把我的白色ALTIS去送洗和打蠟。那麼今天去Party的妹，一定會對我大加分。那我就有機會告別單身了。我真的是想到都會笑。

車子打完蠟後，就去載黎群賢伉儷和鄭馨蘟的朋友。在去的途中，我跟每個宗教的神都請求過了，希望鄭馨蘟的朋友是個大正妹。

到了黎群約定的地點，遠遠地就看到三個人朝我走過來，其中有一個人越看越面熟，原來鄭馨蘟的朋友就是我的女神——孟洵紋。

我的表情只能用四個字形容：瞠目結舌。

戀愛，我好想11

我們都會忽略身邊簡單的幸福，去追求遙不可及的愛情。

我整個傻住，沒想到鄭馨蒑的朋友就是我的女神，我就像個稻草人釘在我的ALTIS旁邊，動也不動，看著他們朝著我走過來。整個表情活像個白痴，嘴巴微微開著，放任著口水讓它流，擦都沒有時間擦，就只是為了多看女神幾眼。

雖然樣子像白痴，但不等於我真是個白痴。我看到黎群對我使了一個「我對你很好」的眼神跟我邀功，我馬上也使了一個「還算你有點良心，但這是應該」的眼神。

我展現我封印許久的紳士風格，瞬間兩個箭步向前，幫女神打開副駕駛的車門，並跟黎群使個眼色，要他和鄭馨蒑乖乖往後車門走去。

看到我的眼神後，黎群很識大體地說：馨蒑，我們今天坐後面，我今天一整天都要黏著妳，不分開。

聽完後，我只慶幸我一整天只吃了東方美的早餐，否則真的會吐到胃移位。

但也讓我陷入思考狀態：難道把妹要那麼地不要臉嗎？愛面子的人就注定孤獨

一生嗎？

我阿濠哥要乖乖地跟命運低頭，變成一個不要臉的人；還是要繼續堅持我的愛面子，而期盼女生會主動愛上我。

這時，有人說話了，女神開口：不好意思，可以麻煩你停止你的傻笑然後開車嗎？我們已經上車五分鐘了。不想看你一直在那邊笑。

給女神的第一印象就是個白痴樣，實在是太糗了，我正想要怎麼化解這尷尬的場面，剛好理由中打電話來了。

理由中：你幫我去買個Party的東西好嗎？我這次Party有一個重點，就是高調奢華，所以麻煩你幫我跑一趟Costco去買Party吃的跟喝的，我這次要展現高級風。要讓大家知道我的Level有升級。錢我會再拿給你，你不用擔心。然後你就直接回你家等，不用載妹了。

我：理由中叫我們去Costco幫他買Party吃的和喝的東西。

黎群不可置信地說：他是吃錯藥嗎？你和他是並列I大最小氣的冠亞軍，怎麼可能他會自己出錢請大家，你是說笑還是說謊？

我苦笑地說：是真的啊，還有那種沒有根據的排行榜，你不要亂說好嗎？今天你也稍微幫我顧一下形象。

我還小小聲補一句：女神在場。

我心想：理由中這通電話，真的太及時了。讓尷尬的場面頓時化解了不少。

到了Costco後，我把黎群拉過去旁邊，我說：我待會會說分成兩組去買，你知道該怎麼做吧？

黎群用不耐煩的口氣說：知道啦！誰不知道你這個小色色，要跟你的女神多相處。

我：知道就好，追到後，重重有賞。

其實，我只是想藉著和女神相處，多去了解她一些。因為從璽鍑那知道女神的事情後，就覺得她不應該被這樣對待。

我當起指揮官，指揮著黎群說：黎群，你們去買喝的；我和洵紋買吃的和要玩的道具。兩邊進行會比較快，時間快來不及了。

黎群：OK！

在買的過程中，女神都一直保持微笑和我肩併肩走著，當我們走到巧克力櫃面前，我發現到女神的臉有點不自然地抽動，似乎是勾起了她一些不愉快的回憶。

我：妳還好嗎？

女神：我只是想到一個對我重要的人，他愛吃巧克力，看到巧克力就想到他，所以情緒有點失控。對了，我問你一個問題。你喜歡吃什麼樣的巧克力？然後喜歡的理由？

我：我最喜歡的是黑巧克力。因為黑巧克力的苦，是讓人感覺甜的；就像是為最喜歡的人付出一樣，付出再多一點也不覺得累。

聽完我的答案，女神的眼眶充滿著眼淚。

她說：你說的答案，跟上次我們在Pasanova見到的那個男生一樣。他也是這麼跟我說的。只是因為一些原因，我們沒有在一起。

聽完後，我決定展現一個成熟男人的態度和風度，所以我要講一些很大器的話。因為，要讓女生認為你是值得託付的，我要表現得成熟穩重。

我：事情都過去了，如果一直回頭看著過去，是會讓過去成為妳的陰影，如影隨形地跟著妳。我相信妳可以甩掉過去，去找妳專屬的幸福。還有今天是聖誕夜，應該要快快樂樂的。

可能覺得我說的話有道理，女神止住了眼淚。

女神笑著說：對，我不能再一直回顧過去了，我要學習向前看，我要過我自己的人生，不再被他人所左右。

過了一個小時後，我們兩組人馬買完了東西，到會合的地點，我看到黎群一臉賊賊地笑，我也不懷好意地笑。原因只有一個：因為我們想像得到理由中看到發票時，罵三字經的畫面了。

大概晚上八點，我們回到我位於美術館的別墅。今天的賓客陣容非常地豪華，因為I大商學院有頭有臉的人物都蒞臨出席了。

聖誕Party陣容有：

一、國貿第二帥：偉仔和他的女朋友小雲。

二、國貿第三帥：小倫。

三、國貿第四帥：理由中。

（P.S.以上的排行榜，是李濠大一自己問系上女生所統計來的，開票結果極有可能是他自己灌水得來的。）

四、國貿第一美：慈惠。

五、企管第一美：依珊。

六、企管第一帥：建聰。

七、國貿第六美：蔣琳。

戀愛，我好想12

愛情的付出就像黑巧克力，苦中帶甜。

看到今天的陣容，理由中不由得笑了出來，因為企管第一美的妹——依珊姐有來，難怪他今天會裝闊，出所有聖誕Party的費用。就是為了搏得依珊的歡心，想利用他生日這個場子來個大進攻。

理由中：今天我準備了一個神祕的禮物，這是為了答謝各位賞光參加小弟我的生日聖誕Party，不過要獲取禮物，就要看各位的造化了。那怎麼樣才能拿到這神祕禮物呢？必須要通過三關的考驗，才能獲得。遊戲是以組為單位，一男一女為一組，組員由抽籤決定。

想也知道這一定是一場不公平的抽籤，因為回到我的別墅之前，我打了通電話給理由中跟他套好招，玩遊戲我要跟我的女神一組，要是不挺我的話，我就讓他的Party開天窗。因為我什麼都可以不爭，就只有幸福不能不爭。為了幸福，我願意當一個愛威脅朋友的「小人」。

過了三分鐘，理由中宣布分組名單，名單如下：第一組：偉仔和他的女朋友小雲。第二組：小倫和蔣琳。第三組：理由中和依珊。第四組：建聰和慈惠。第五組：我和女神。第六組：黎群和鄭馨蔭。

理由中：第一個遊戲是：橡皮筋接力賽。遊戲玩法是每組用吸管傳遞橡皮筋，一分鐘內看哪組最多，誰就獲勝。為了怕大家不知道怎麼玩，我決定請李濠那組試範給大家看。

聽到理由中這樣說，我心裡暗自竊喜，理由中真是好樣的，居然願意犧牲他自己的小我，來完我的大我。

經過我「賣力」地示範後，大家都非常了解遊戲的玩法了。

比賽結果出來，第一的是黎群那組。輸給黎群，我心服口服，因為黎群那個舌頭真的是誇張地靈活，他利用他那有如蛇靈巧般的舌頭，將吸管延伸到一個極致，讓鄭馨蔭一次就傳十條橡皮筋，這種等級的舌頭不贏就有鬼了。

第一關比賽過後，理由中說休息一小時，並開始交換禮物。

交換禮物由壽星理由中開始，當建聰抽到蔣琳的禮物時候，我發現蔣琳的臉色有點怪怪的，那臉色好像是說：怎麼是你抽到呢？

當建聰拆開禮物的時候，禮物是一件我想要很久的衣服，只是我一直處於沒錢的狀態，沒有辦法買。原來蔣琳她都有在注意我喜歡的東西，只是她的心意當時我沒有想那麼多，只是覺得一整個很嘔，居然沒抽到。

而我抽到的是黎群的爛禮物，那個人居然去檳榔攤，跟檳榔西施買要送給客人的「愛情動作片」六片，還洋洋得意地跟我說：知道你沒有女朋友，這些讓你解解饞，對你很好吧！

女神抽到的是依珊姐的禮物：一組咖啡杯。依珊姐送的禮物檔次就高很多，可以說是這次交換禮物當中最好的。

女神抽完禮物後，拿了一些巧克力和一杯柳橙汁，便往陽台走去，靜靜地看著夜景。我看到此景後，馬上跟了出去，想要藉著多相處來讓女神了解我。

我：怎麼不和大家一起玩呢？一個人靜靜地待在這邊看夜景。

女神淺淺地笑：我的個性比較慢熱，怕我的加入會讓大家氣氛尷尬，所以我待在陽台就好了。

我：那我陪妳在陽台講話，還有妳先把我的外套穿上，最近寒流來，很冷。有我陪妳講話，這樣妳就不無聊了。

女神：謝謝你，你真的是一個很貼心的男生，你應該很多女生搶著要吧！

聽到女神對我的讚美，我整個飄飄然，覺得活著已經沒有遺憾了。還好現在是晚上，加上我的臉又夠黑，才沒讓女神看出我的臉紅。

我：還好啦，是妳過獎了。妳今天怎麼會來啊？妳的出現，我還滿Shock的。

女神：我和馨蒽的交情就像你和黎群，馨蒽怕聖誕夜我一個人會無聊、會亂想，就硬拉著我來了。其實，每年的聖誕節，對我來說都是一種痛苦，因為它的到來，總是一直重複提醒著我那痛苦的回憶。

當氣氛正好，突破女神的心防時，卻來了一個不速之客——蔣琳。蔣琳走了過來。

蔣琳：你們兩個不要一直待在這裡吹風，進來和大家一起玩啊。人多玩起來比較熱鬧也比較好玩，快點進來啦！

我用了一個白眼看她，怪她怎麼那麼不識相，破壞朋友的好事。但她卻視若無睹我的白眼，向女神走了過去，很熱絡地牽著女神的手，把女神帶回室內和大家一起。我只好再等下一個機會，反正夜晚才剛開始。

戀愛，我好想13

對自己所愛的人，總是要求很少，而付出很多。

理由中接著宣布遊戲第二關，第二關是「雄壯威武真男人」。

理由中：這一關是要考驗男生們的體能是否能符合小馬子的要求？遊戲玩法：就是每組的女生坐在男生背上，男生做伏地挺身一分鐘，一分鐘內最多者獲勝。

聽完理由中說完遊戲第二關的規則後，參加Party的男孩都很開心，覺得主辦人很為男生著想。但大家也都想在自己的小馬子面前，展現強壯的體魄，這一關可說是一場龍爭虎鬥啊！

十分鐘過去，第一名是由我「三層肉」的李濠打敗眾家好手，取得艱辛的一勝。

理由中這時宣布目前成積的前三名：一、理由中和依珊，二、黎群和鄭馨蘟，三、李濠和孟沟紋。他一宣布完名次，大家都很訝異，為什麼他是第一名？因為兩關下來，他們那組都是最後。

理由中只說一句話，就是：我是壽星，壽星最大，今天我說了算。

理由中：接下來是「娛樂小遊戲」的時間，那麼我們今天的主打遊戲就是：國王遊戲。你們可不要以為是傳統式的喔！我這個版本可是三・○版的。遊戲玩法如下：以往國王都只能有一個要求，但我們新版的不一樣，新版的是國王連莊同一個人的話，要求Double。所以一個人連當國王三次，那他就有八個要求，Good Luck Everyone。

遊戲開始，第一個抽到國王的是小偉，苦主是蔣琳。小偉提出的要求是找一個男生親臉頰。蔣琳看了看今天現場的男生，最後她選擇了我。

於是大家就開始在那邊鼓譟，起鬨著：在一起~在一起~在一起。

這種有點難搞又尷尬的場面，一定要給它速戰速決的。我就把我的「勇基」臉湊過去和把眼睛閉上，省得蔣琳尷尬。蔣琳也很快地啾了我一下。

由於第一炮就那麼敢玩，於是第二關就更HIGH了。第二個抽到國王的是黎群，苦主是理由中。黎群收到理由中的pass，他向理由中點頭，意思是：他知道怎麼做了。

黎群的要求是：理由中背依珊轉十五圈，然後繞屋子一圈。

理由中的眼神從開心轉為失落，因為他以為黎群會給他像第一炮那種指令，沒想到只有背著依珊轉圈跟繞屋子而已。

理由中把要求做完了後，遊戲繼續開始。第三個抽到國王的居然又是黎群，我心裡的OS：這傢伙是怎樣，今天有用大便泡手喔，那麼會抽！

由於黎群是連二抽到國王，所以他可以指定四個要求，這時換我跟黎群打pass了，黎群又跟我點了頭，表示他知道怎麼做了。

黎群的第一個要求：李濠要和孟洵紋去全家，並對店員說「全家就是我家，我買東西不付錢」。時間十五分鐘內要完成，由孟洵紋錄下來整個過程，他還拿一台DV給女神，避免我唬爛而沒有做。

天殺的這什麼要求，這根本是白痴在做的，黎群哥長長腦好嗎?!

由於時間緊迫，如果沒在時間內完成，會有大懲罰。聽說男生的大懲罰是：在路上找一個女生的男朋友面前，讚美他的女朋友，並約她出去。那麼智障的事，我才不會也不想去做。所以，我拉著女神的手，趕緊衝了出去。

很不幸地，時間超出了兩秒，要接受大懲罰。

黎群一副寬宏大量地口吻地說：看你可憐，我就好心地將懲罰就改成你們這組要被關在陽台吹風，時間半小時，但只能穿一件上衣而已。

我：你這個懲罰會搞死人，外面現在是十度，你真的好樣的，你最好把健保卡給我準備好，半小時後準備送我去看醫生。

真的要抓黎群去測一下智力測驗，盡想一些低能的懲罰。

黎群悄悄地跟我說：我這用心良苦，我在製造你們獨處的機會，你要好好把握。

於是，我和女神接受懲罰，去陽台吹冷風了。（媽媽：做人要「巴結」，願賭服輸。）

到陽台吹風時，我看女神冷到有點吃不消，我趕緊把我的皮衣脫下來給她穿。寧可一個人冷死，也不要兩個人凍死，更何況旁邊那個人是我的女神。

女神疑惑地說：你把衣服給我，你穿什麼？我還是把衣服還你。

我逞強地說：我穿「三層肉」，妳看它們很保暖的。妳不用跟我客氣。

女神不解地說：你為什麼要對我那麼好呢？我跟你也不是很熟，而且我也沒有對你很好。

我：每個人的一生中，都會遇見一個妳會付出全心全意對他好的一個人，那是一種感覺，沒辦法去形容。不是說真的要什麼回報，只是想單純地對那個人付出，就會很快樂了。

女神：那男生會對自己所愛的人執著嗎？會不會只全心全意地focus在所愛的人身上。

我：我會，但我不能保證其他人會。

女神：那我怎麼才能感受到這是我獨有的「全心全意」呢？

我：套一句很老的話：用妳的心眼去感覺。

女神低聲呢喃：希望璽鍑也可以跟你一樣這樣想就好了。

戀愛，我好想14

感情裡，什麼人都可以當，就是不能當聖人，因為聖人＝Loser。

在和女神關在陽台外的半個小時，我們聊了很多，也對彼此有了更進一步的了解。至於，後面誰被懲罰，誰被誰怎麼樣，我都沒有興趣。因為和女神有了大進展，誰還管你們怎樣，干我屁事。

半小時後，我和女神進門，理由中開始第三個遊戲。

理由中：那我們繼續第三個遊戲，遊戲名字「我是專情王」。這遊戲怎麼玩呢？就是每一組的男女用最深情的眼神看著對方，只要其中一人笑場，那麼就算輸，時間最久的就獲勝。那如果有兩組以上時間一樣，就各組推派一個來ＰＫ，比賽正式開始。

經過一番激烈地深情對看後，結果出乎意料地是我和蔣琳那組平手，所以要ＰＫ決定誰是勝利者。推派組員的結果，就是蔣琳跟我來決定最後的勝負。

延長驟死賽開始，我和蔣琳開始對看，我嚇到了。這女人怎麼那麼厲害啊！整個把自己投入在這遊戲中，用她最深情的眼神看著我，如果我不認識她，真的會被她電得吱吱叫。

結果顯而易見，我輸了關鍵的一戰。而所請的神秘禮物，由理由中那個色鬼奪得，並借花獻佛送給他的女神依珊。真是濫用壽星權力的傢伙！

所以這些遊戲都白玩了，不管誰輸誰贏，反正最後的贏家都是理由中。

這時，女神走了過來跟我說，她想要先走，要麻煩我載她先回去。想不到，今年聖誕老公公送我的禮物還真好，這樣子一來我和我的女神又有了大進展。

在送她回家的過程，我們一直天南地北地聊天，快到女神家的時候，女神突然問我一件事。

女神：我剛不是有問你為什麼要對我那麼好？你還沒回答我ㄟ。

我：有些事情的答案，是無法用言語說的。妳就不要一直問了啦，有人對妳好還不好喔！（故作輕鬆狀地說）妳家到了，祝妳聖誕快樂。有空再一起出來喝茶。

女神：好啊，上次好像有跟你要電話，那我也把我的電話給你。我的電話：０９１５８９７×××。你也聖誕快樂，我今天玩得很開心。

我聽到女神說的話，整個人覺得「戀愛無限Touch」，那種甜甜蜜蜜的感覺，讓人一嚐就上癮了，戒也戒不掉。

回到我的美術館別墅後，發現大家還在high，但我卻發現有一個人在陽台默默地吹風，那人就是蔣琳。她看起來心情沒有很好。

我走上前去，展現我的Party Boy之道去關心她。我是一個希望自己可以在各方面都做到面面俱到，包括朋友、愛情、親情……等等，我都希望自己可以做得完善。

我：妳是怎麼了，今天是聖誕夜ㄟ，裝什麼憂鬱氣質美少女，這一類型的妹已經過氣了。今年秋季開始不是走自信、俏麗陽光女孩路線的嗎？

蔣琳故作輕鬆狀地說：就悶悶的，跑出來透透風。我沒什麼事啦！你先進去跟他們玩，我等等就進去了，不用管我啦！

聽完這話後，我拉起蔣琳的手，走去黎群面前，把別墅鑰匙交給他，請他幫忙顧家。

我：黎群哥，幫我顧一下房子，鑰匙給你，我有事要出門一下。

黎群看了我又看了蔣琳，他意有所指地對我說：選擇好目標，就要專心地大衝，而不是什麼都想要做到面面俱到，那是不可能的，事情選擇越晚處理，所受的傷會越重。

我不耐煩地說：你不要說那些有的沒的，我聽不懂。我家就麻煩你顧了。

我帶蔣琳來到旗津的風車公園。或許是出來透透氣的關係，蔣琳看起來心情好很多了。

我：妳今天是在悶什麼，有好幾次場面氣氛被妳弄得很乾。

蔣琳不耐煩地說：你不懂的啦，說了也沒用（似乎是在逃避我的問題）。

我有點生氣，因為蔣琳在搞自閉：當我是兄弟，就跟我說，不要在那邊搞自閉，我看了很火。

這時，蔣琳的表情彷彿是下定決心要說出來的那個樣子。

蔣琳開始緩緩地訴說：我從以前就喜歡上一個男生，但那男生眼裡似乎沒有我的存在。

我吃驚貌：真的假的，第一次聽到妳有喜歡的人，看妳平常都是在打槍別人。沒想到妳還會被人打槍喔？

蔣琳不耐煩地說：你可不可以安靜聽我說完，不要打斷我說話。

我：抱歉，請繼續說。

蔣琳：我也不知道是什麼時候喜歡上他的，當我發現的時候，已經整個人陷下去了。我現在混亂的是，這種感覺到底是喜歡，還是一種依賴。

我：我有一個方法，讓妳參考參考。我要確定我自己有沒有很喜歡這個妹的時候，我會選擇不跟她聯絡，讓自己處於一個完全沒有她的環境，把自己的感覺沉澱下來。幾天後，沉澱後的感覺還是很喜歡，我才會行動。

蔣琳：這招聽起來還不錯，難得你這個狗嘴會吐出象牙，我試試看。謝謝你帶我出來散心，還聽我吐苦水。

我：我帶妳回去了，玩了一個晚上妳也累了，回去後好好地休息，什麼都不要再想了，一切就順著感覺走。

到她家後，蔣琳輕輕嘆了一口氣，並小聲地說：我想要的是你的全心全意，而不是只有朋友的關心。

由於，她說的聲音很小，而我並沒有聽清楚她說了些什麼。我猜想可能她是心情上的有感而發，我也就沒有再追問下去了。

戀愛，我好想15

還沒有到手的永遠是一百分，到手的永遠不會超過五十九分。

聖誕Party的玩樂後，我回到家立刻呼呼大睡，睡醒後已經是二十五號下午三點了。

起來之後，馬上打開電腦，現在每天有空一定要MSN一下，但主要目的是想看能不能遇到小孟，然後和她聊天。

登入MSN後，發現小孟在線上，今天這是一個難得的機會，一定要好好努力，讓關係有大進展。

發現小孟的暱稱換成了「死心眼?!」，是聖誕夜發生了什麼事嗎？不然怎麼會改這個暱稱呢？

但怕她心情不好、不想說話，於是我先寄了封E-mail給她。

E-mail內容如下：

雖然不知道妳發生了什麼事，但希望妳可以看開點。我覺得，當人最大的好處就是可以重新來過，不是嗎？

寄完隔差不多五分鐘，小孟回我信了，內容如下：

謝謝你的關心，我會向前看的。聖誕快樂！

看這個樣子，小孟不太想聊天，我想說寄最後一封E-mail給她，今天就撤退了。最後一封E-mail：

那妳好好地靜一靜，用微笑去面對所有的不順心。

既然，小孟今天心情不好，沒有辦法聊天，那聖誕節要幹麻呢？今天到結束還有那麼久。

這時，腦中閃過一個想法，不然去永康車站買個「永保安康」的車票給女神和小孟，雖然這已經是老梗了，但我想功用應該還有百分之三十吧。

就在準備要出門的時候，有人打電話來，來電顯示：蔣琳。

我：有什麼事情，我現在要出門去台南。

蔣琳：有誰啊？我也要去，可以嗎？

我心想：反正一個人去也無聊，多一個人陪也挺不錯的。

我：OK！我去載妳。

載到蔣琳後，想說只是單去買車票很無聊，所以我們決定玩「食字路口」。兩個人買完車票後，去小北夜市PK，輸的人付今天玩的錢。

到了永康車站，我要進去買車票的時候，我正要開口說兩張，蔣琳搶先一步跟站長說要三張。

我心裡想：妳是不會以後叫妳的棒子粉絲們送ㄟ，連這個也要我送。但區區二十六元的車票，要在車站門口跟妹計較，實在不是我的Style。我可是「大方」出名的李濠耶。

我把其中一張車票，小心翼翼地收起來。因為，我要在適當的時刻送給女神，送上我最真摯的祝福。

站長還開玩笑地說：年輕人對馬子不錯喔，還會來買車票給她，這招老歸老但還滿有用的，祝你們幸福唷。

在這一瞬間，看到蔣琳開心又滿足的笑容，我忽然有一個念頭閃過去：幸福會不會已經在我的身邊？只是，我一直都沒有發現。

不過，這個想法馬上就被蔣琳的聲音給敲破了。

蔣琳：肥豬濠，快去小北夜市請老娘吃東西。

我：別太囂張喔！我的胃可是培養出三層肉，妳確定妳贏得了?!

蔣琳不服氣地說：比了就知道。

最後，ＰＫ的結果當然是我阿濠哥壓倒性的獲勝，那個不自量力的傢伙只吃第五道就認輸了。不過，她輸得很開心，一直付錢還笑得出來。

不知不覺時間過去，比完已經是晚上十點了，快樂的時光過得特別快。其實，今天一直有一種感覺，覺得在蔣琳面前很輕鬆，也不用說要特意表現什麼或隱藏什麼。

送蔣琳回家後，我一直在思考這問題，所以我決定去尋求女性友人的指點。我打給了我的設計師小辛，她是在高雄知名Salon工作的紅牌設計師。

電話接通後，我：小辛，約個時間剪頭髮，順便有些事想跟妳說。

小辛：ＯＫ，幫你約明天晚上六點半，不要忘了。

剛講完電話沒多久，電話又響了，來電的號碼是一個陌生的號碼，0915開頭的，我有點遲疑，但還是接了起來。——我害怕又有人叫我起來尿尿。

陌生女聲：請問你是李濠嗎？我是洵紋，有沒有吵到你。

我驚訝地說：妳是洵……紋……（結巴狀），妳怎麼會打來啊？有點嚇到我了。因為沒有女生會主動打電話給我的，妳是第一個。那有什麼是我可以幫妳的？

女神：不好意思，可能要麻煩你明天下午帶我去看個醫生，今天去買東西的時候，腳不小心扭到了，剛好朋友明天都有事情，馨蒑說你應該有空，要我問你一聲，可以嗎？

酷！我今天買的車票剛好可以拿給女神，這樣好感度鐵定大爆衝。鄭馨蒑，Good Job！

我：OK啊！但我晚上要剪頭髮，可能要麻煩妳陪我剪頭髮了。

女神：可以啊，謝謝你的幫忙，剪完我們再一起吃個飯。

「一～～～起～～～吃～～～飯～～～」我沒有聽錯吧！我真的出運了，阿母。

我：明天妳要看醫生再打給我，我再去載妳，早點休息，晚安。

女神：晚安，有好夢。

回到家之後，翻了一下衣櫃，發現我沒有戰袍了，而且我的「勇基裝」還沒有洗。我趕緊打給黎群，跟他借戰袍，希望給女神一個一百分的印象。

戀愛，我好想16

你不可不知追女生的三個ive單字：

一、Positive（正面）：追女生一定要抱有正面的想法，千萬不要因為負面的想法，而打亂追求的節奏。

二、Active（行動力）：看到自己的目標一定要去行動，行動有百分之五十的成功率，不行動的成功機率為0。

三、Aggressive（積極）：追求的過程要如獅子撲兔，用盡全力來達成目標。

黎群聽到我要跟女神出去，他把號稱把妹從不失手的「絕對無敵」戰袍拿了出來要借給我。真不愧是我的好兄弟。

衣服：Paul Smith的高級襯衫。

褲子：Diesel牛仔褲。

鞋子：Clarks的Original系列。

我看到這些行頭，嘴巴又不自主張開了，這些行頭比我的「勇基」裝高上三個檔次，這時我眼眶已經不自主地微紅，因為我真的很感動黎群對我的相挺，我暗自發誓我明天一定要成功。

正當我興奮地一直在床上翻滾的時候，我的手機傳來了簡訊的鈴聲，是蔣琳傳來的。內容是：You have a mail in your mailbox。

我看到後，心裡想：這什麼鬼啊！電子情書已經是十幾年前的老片了，現在都二〇一〇年妳還玩這種老梗。

雖然我的心裡是這樣想的，但還是去收個信好了，騙我的話，她就準備被我斥責，結果我的MSN信箱還真的有一封蔣琳寄給我的信。

內容如下：

李濠：

這封信的內容，是我思考許久而想對你說的話，之所以沒有選擇當面說是怕會尷尬，導致朋友做不成，這不是我所樂見的情況。

其實上次我們去大自然，我說我喜歡的那個男生就是你。你還記得，當時我說我分不清對那男生的感覺是依賴還是喜歡；在今天去台南玩之後，我很確定我對你的感覺，我對你是喜歡的，是一種像白開水般的喜歡，平平淡淡的但又無法或缺的喜歡。

我之所以想要把我的心意告訴你，是因為我看到你對你所喜歡的她，讓我吃醋了，我也想要你的百分之百的愛，所以我決定要把我的心意告訴你，賭上那微乎其微的機率，希望你會接受我。

我不想讓你為難，所以我希望你想清楚之後，再給我答案。也希望我們還能是朋友。

看完這封E-mail，我整個傻了。雖然說這不是我第一次被女生告白，但我真的沒想到蔣琳喜歡的人是我。

這時，我靜靜地想著和蔣琳相處的點點滴滴，這才發現她在很多時候用不經意的方式去暗示我，只是我沒有注意到她的心意。

一時之間，我的情緒從要跟女神出去的興奮轉變成蔣琳告白後的混亂和不知所措，這個問題可能是連情聖黎群都解不出來的無解題。

就在我左滾右翻想要怎麼處理的時候，我想到一個方法：看台灣的偶像劇找答案，因為台灣的偶像劇十部有九部跟我目前的情況差不多。

看到最後，我找到一部的處理方式，我還滿認同的，那部偶像劇叫《原來我不帥》。當中的男配角和男主角都遇到這樣的情況，很適合當我的教材。最後，不管是男主角還是男配角的選擇，我發現他們有一個共同點，不要讓自己後悔。於是，我得到一個千古不變的答案了，就是「去聽你心裡真實的聲音」。

知道要怎麼解決這困難的問題後，整個人輕鬆了很多，就跑去睡美容覺，我要用最完美的狀態跟女神約會。

一直睡到女神打電話來，我整個人大驚醒，沒想到我睡了那麼久，我趕緊用迅雷不及掩耳的速度穿好黎群的「絕對無敵」戰袍，開著閃閃發光的白色ALTIS去載我的女神了。

到了女神家樓下，發現女神已經在樓下等我了，女神今天的穿著美到可以讓我在地上翻滾兩次，身穿公主裝，髮型公主頭，這打扮簡直就是一個俏佳人，這水準大概可以跟奧黛麗赫本比了。

由於，這個畫面太養眼了，導致我整個人愣在那裡。

直到女神開口：奇怪，你怎麼每一次看到我的時候，都會發愣，是我的穿著有問題嗎？

我趕緊澄清地說：不是啦，是每次跟妳見面的第一眼，都會Shock住，妳真的太美了。

女神笑笑地說：你是剛剛喝了一罐豐年果糖嗎？嘴巴那麼甜。我們快走吧，麻煩你帶我去看醫生了，快要遲到囉。

戀愛，我好想17

因為愛，所以放下。

到了醫院，由於女神腳受傷，我怕她再走路會增加她的負荷，於是我借了輪椅推她進去看醫生。一整個走貼心路線到底。——黎群：帥＋貼心，是我稱霸把妹界的兩大武器。

醫生看了看女神的腳之後，說：是沒什麼大礙啦，就是要少走路避免增加腳的負擔，最近就多休息，這樣傷會好得比較快，這段時間就請你男朋友辛苦一點。

當我正要說我不是她男朋友時，女神笑笑地說：謝謝醫生，他會的。

為什麼女神不否認我是她男朋友這件事呢？我只能說：女人的心思是全世界最難解的問題。妳可知道，妳的不否認可會讓我喜孜孜一整天。

由於之前追求女生的失敗經驗，讓我的心態更為成熟，一切就順其自然地發展，我也不要去強求什麼，只要盡我的努力對女神好，結果是什麼，我都不在乎。因為在努力的過程往往比結果更甜美。——黎群：只會自我安慰的小孬孬。

我：那妳就要聽醫生的話，少走路；至於要去哪裡，跟我說我再帶妳去。現在最大的不是妳也不是我，是妳的腳。

女神俏皮地說：遵命，李濠哥。

看到此景，真的是讓我快樂地飛上天了，女神的一顰一笑。讓我覺得，我這次說什麼都要拚一次，拚得女神歸，此生也無憾。

看完醫生後，我就和女神就去找小辛剪頭髮。

和小辛一見到面後，小辛就虧我說：不賴嘛，第一次看你帶妹，就帶個A貨來。你說有事要跟我說，就是要跟我炫耀你有一個大正妹女朋友喔？

我心中的OS：今天是怎樣，一堆人都要掛號看眼科了，我和女神一看也知道是牛糞和鮮花的組合，現在的關係八竿子都還搆不到。

就像是無名小站一樣，你去看一個不認識的人的無名，它會在那個人的首頁顯示你們的關係很遙遠。

我：妳這樣說我是很開心，但現階段還不是那樣的關係，妳不要亂說，不要讓她感到有壓力。

聽我這樣說後，小辛跟女神說聲抱歉，說她誤會了，就招呼女神去旁邊坐著看雜誌。

小辛走過來，冷不防地跟我說了一句話：你知道嗎？她有很多的煩惱在她的心中盤踞著，她很想擺脫，但那些煩惱就像枷鎖把她套牢了。

我：高雄有知名算命師是姓辛的嗎？那麼會看相喔，妳去擺攤好了。我當妳的經紀人，我們三七分帳，你覺得如何？

小辛：信不信由你，我是看你這樣子，感覺你是很喜歡這女孩。不過，她要是不能擺脫這些煩惱，我看你機會趨近於0。

我：先不說這個，我有問題要跟「大愛情神」辛姐您請教。

小辛傲慢地說：李信徒請說（好大的架子！）。

我：有一個我很好的女性朋友跟我告白，說她喜歡我很久了。我對她是並不排斥，但就是缺少那麼一點感覺，不過覺得跟她在一起，感覺很舒服、輕鬆，我不用刻意表現些什麼。但我不確定這感覺是不是愛情。在我的認知中，愛情是需要兩個人激盪出一些火花的。

小辛：你的處境到底是要擇你所愛，還是要愛你所擇。這種問題不是單一解，是要取決於每個作答者怎麼去寫出他要的答案。只要是你確定你要的答案，那麼你就已經找出了最佳解，所以讓你的內心幫你找出你的最佳解吧！

我細細品嚐小辛所說的，一直思考要怎麼做才是最好的，因為我並不想失去蔣琳這個朋友；另一方面，女神又是讓我目前唯一心動的女人。

就在我裝憂鬱思考這些問題時，我的頭髮也剪好了，髮型＋穿著＋臉蛋，只能用兩個字形容：「勇基」。

剪完頭髮後，如預定的行程，我和女神去吃晚餐，這次我選擇是一家小而美的簡餐店，要讓女神見識到我李濠是一個有Sense的人。

到餐廳後，女神看到餐廳的名字笑了出來，因為那家餐廳叫「我愛你」。

女神：阿濠，你是要跟我告白嗎？不然怎麼帶我來這「我愛你」餐廳吃飯。

我：別誤會，這個餐廳的名字會叫我愛你，那是老闆為了紀念他這輩子最愛的女人，及一句無法及時告訴她的話而取的。在高雄單身界有一句話說：求姻緣去「真愛茶坊」，感情要長久就要到「我愛你」。

這次終於沒有璽鍑那個不速之客打擾，我和女神可以好好地共進晚餐。黎群說約妹吃飯的過程中，一定不能讓氣氛乾掉，只要氣氛一乾掉，會有百分之九十五的機會沒有下一次了，然後就是拿到一張「謝謝再聯絡」的牌。

我使出我的渾身解數來逗女神開心，還好女神的笑點不高，所以氣氛也一直保持在還不錯的狀態。在這愉快的氣氛中，我稍微了解到女神一些的觀念。——黎群欣慰地說：你終於出師了。

但小辛說女神有煩惱、會不會就是璽鍑那件事呢？趁氣氛正好的時候，我決定要試探性地一問，如果女神願意說，代表她接受我這個人，願意信任我。

若女神不願意說的話，那我會發揮我的磨功把她的心防給瓦解掉。

我鼓起勇氣問女神：請問妳有什麼煩惱，讓妳的臉上有種揮之不去的痛苦？我觀察妳很久了，總覺得妳把真實的自己隱藏起來，不想讓別人看透妳。

戀愛，我好想18

如果我會對你坦白我的一切，那代表你在我心中是Priceless。

女神聽到我的問話後，有一點愣住，因為我問的問題，讓話題整個跳很大，而且和剛剛聊天的氣氛完全不搭。

女神似乎沒有想到我會問這個問題，她欲言又止，感覺還沒有準備好要讓這隱藏在心中的傷攤開出來。

看女神這樣痛苦，我也就沒再追問下去。黎群說過，把妹就像煮菜一樣，只要能把火候掌握得隨心所欲，那你的把妹功力就有食神級的趴數。

我：有些問題要勇敢面對，一定能有解決它的方法。一直把它塵封不去面對，受傷最重的往往是我們自己。不管妳以後有什麼樣的問題或煩惱，我永遠當妳的「柱仔」，支持著妳。

女神：謝謝你，我會再想想應該要怎麼做對我是最好的。

我隨之轉移話題：走吧，妳的腳要好好休息，我先送妳回家。明天再來帶妳去上課和去妳打工的地方請假。

女神：謝謝，那就再麻煩你了。

我心中ＯＳ：只要能為妳做些什麼，什麼我都不覺得麻煩。

回到家後，反正閒著也閒著，就上網看能否找個人聊天。

想不到運氣還不錯，遇到了小孟。我心想：不如問一下小孟的意見，女生終究是比較了解女生，或許她的意見會讓有我不一樣的想法，也能讓我更明白怎麼去打破女神心中那面高牆。

我：晚安啊，小孟姐。心情有好點了嗎？

小孟：晚安，還好囉＾＿＾。

我：那小弟有事想請教小孟姐，希望小孟姐可以不吝賜教。

小孟：呵呵，還不吝賜教咧。你有什麼事說出來大家討論討論。

我：最近有一個我很要好的女性朋友跟我告白，她說喜歡我很久了。但她給我的感覺就很像白開水，雖然平淡但感覺很舒服、輕鬆，在她面前我是最自然的。但我不確定這感覺是不是愛情。在我的認知中，愛情是需要兩個人激盪出一些火花的，才能叫愛情。

約過五分鐘，小孟回我了。

小孟：你知道嗎？其實你的問題就告訴你，你有了答案，只是你想要從別人的看法中得到肯定，進而有去做的勇氣。就像你說的，你認知中的愛情，是要兩個人激盪出火花。那麼問問你自己，你覺得和她相處有火花嗎？可以激盪出什麼嗎？如果你們不行，我想她可能不是你的Miss Right。

靜靜地思考小孟所說的話後，我終於下定決心要跟蔣琳說「不」，因為她感情的終點不會是在我這邊。

於是，我又把我對女神的感覺跟小孟說，看小孟怎麼看待我對女神的感覺。

我：我最近遇到一個女生，我看她的第一眼，我就緊張、臉紅心跳，只要能讓我對她付出，會讓我很開心很久。對她，我會努力做好每一件事；也希望可以成為她交往對象的最高標準，誰我都不想也不願意輸。她的幸福是我一輩子最甜蜜的負擔和責任。

這次時間比較久，大概過了七分鐘，小孟只回答我三個英文字，就是：Just Do It！

小孟：那你就用盡你一切的努力對她好吧！或許有可能你終究還是她的過客，但也有可能你就是她的終點。加油，Do Your Best！

小孟：不好意思，我有點累了，我先去休息。晚安！

和小孟聊完後，我打給蔣琳，要把我的答案和她說。決定把這事解決，然後心無旁鶩地追求我的女神。

電話接通後，我和蔣琳約在Starbucks等。

兩個人都坐下後，我開口了：這幾天我想了很多，重新去思考我們的關係。老實說，在思考的過程中，我也迷惘了，我一度地以為妳給我的感覺就是愛情。我後來了解了，那其實並不是愛情，而只是友情的最高境界。我們之間，就像妳說的到底是依賴還是愛情，我的答案是——依賴。

蔣琳聽完後，故作堅強地跟我說：謝謝你的答案。但從她的眼神中，我看到了難過和心碎。

蔣琳又說：那我可以勇敢地去追求我的下一個幸福，謝謝你讓我的生命如此地美麗過。等我療完傷後，我希望我們還是和以前一樣，是無話不說的好朋友。

處理完和蔣琳的關係後，我整個人輕鬆了許多。對自己的目標也更確立了，希望在我二十三歲生日前，可以擺脫一人路線。

戀愛，我好想19

I want be your mr. right,not your life passenger.

為了展現我阿濠特有的溫柔，我使出了溫馨接送這一招，雖然之前女神答應說要去哪裡會麻煩我載，但我覺得那只是客套話。泡妞界有一句名言：More Contact More Chance。接觸越多，機會也跟著越多。

所以我出其不意出現在女神面前、帶著麥當勞的早餐來給她，讓她享受到李濠式五星級的待遇。當女神看到我的時候，她顯得有點驚訝但也有一絲絲開心。

女神：我沒想到你會把玩笑話當真，不過還是謝謝你的早餐和心意。以後我會叫馨蕍幫我就好了，不用特地麻煩你。

我一聽到女神這樣說，心想：這怎麼行，不能讓加分的好機會流失。

我馬上跟女神說：哪會麻煩，妳說這話可把我當外人了。況且，我可是號稱I大頭號看護，妳把我辭退，那妳要我的臉往哪擺？所以給我個機會，please。再說，你一直麻煩馨蕍，黎群會殺了我。

可能是女神看我那苦苦哀求的臉後，覺得我誠意過人，就笑笑地點頭答應了。而這時我的感覺就好像一個棒球員完成了完全打擊或完全比賽般的喜悅。

我：那趁上課前，我帶妳去換藥。

女神：好，再麻煩你了。

去醫院的途中，和女神聊了很多，也更了解了彼此。我心裡有一個感覺，把妹真的要看機緣，如果沒有好的機緣，再棒的男人也無法追到他的女神。

忽然間，女神問了我一句話，讓我差點難以招架。

女神：還記得我曾在你家問你，你為什麼要對我那麼好？那時，你不願意明講。現在我很想知道為什麼。

我愣了一下，順便思考要怎麼告訴女神才不會尷尬。

我來了一招回馬槍地說：還記得妳問我男生會不會付出他的全心全意對一個女生好？我說我會。那我想要問妳，妳的過去怎麼了？為什麼那麼地沒有安全感呢？可以跟我說嗎？

女神低頭想了一下，然後緩緩地抬頭看著我，彷彿做了一個很重大的決定，要把她放在心裡許久的祕密說出來。

女神緩緩地說：我和我的姐姐喜歡上同一個男生，後來我姐姐因為意外而過世；我不忍看他如此地為愛憔悴，於是我向他告白了。我們也交往了一陣子，後來他就突然消失在我的生活，我找了他很久，但都徒勞無功。

聽到女神願意跟我說她感情上的陰影，我很開心，因為這代表著她開始接納我這個人，這對曾經受過傷害的人來說，可以說是一大突破。我暗自發誓：我不能也決不會讓她再受到任何的傷害。

女神接著說：再看到他的時後，卻發現他的身邊有了另外一個人陪伴著。我看到後，我一直問我自己是不是因為他要的愛情我給不起；還是因為我配不上他，我是不是一個很差的女生，一連串的為什麼，就讓我越來越封閉我自己。

這些無形的枷鎖把我的女神鎖上十八道鎖，鎖得密不透風，我暗自心想我一定要把這些鎖一一打開，讓女神可以自由過她自己的人生。

我聽到後，很替女神不捨，因為不是她的問題，卻又要她去承擔這後果。但我又不能把這事說破。不然，她就知道我早就已經聽說她的事了。

於是我把車開到了關帝廟，帶著女神到關公面前。

我虔誠地說：關聖帝君，信徒李濠，在您面前發誓：不管孟沟紋接下來的日子發生了什麼事，我李濠絕對不會捨棄她，不會背叛她。如果有違今天的誓言，我願意遭受最不人道的懲罰。

我對女神說：我開給妳的每一句承諾，我都會努力地把它們兌現，所以請妳不要拒絕我對妳的好，試著去接受它。

女神聽完後，微笑地向我點了頭，從她的眼神中，我看到她滿滿的感謝。

我：我不要再把氣氛搞得像偶像劇了，一直來真愛無敵這一套。我帶妳去吃好吃的。

女神笑笑地說：你也知道你一直搞真愛無敵這一招唷，你不累，我都累了。

為了讓女神覺得我是一個很有sense 的人，我找了一間很酷的店，叫「力與鏞」。

女神看到店名後，問我為什麼店名叫「力與鏞」？

我：因為這家店的老闆是兩個男的，跟我都還不錯，一個叫潘力豪，另外一個叫張穎鏞。他們為了實現他們創業的夢想，他們放棄了高薪的工作，來開這家店。每當我對未來迷惘的時候，我都會來這家店坐坐，奇怪的是每次來了以後，都能找到一個前進的力量和方向，所以我帶妳來，希望這家店也可以給妳和我相同般的感受。

老闆潘力豪看到我帶妹之後，依然展現出他那不通人情的死小氣鬼性格，死都不招待也不打折。但我為了要做面子，只好請小氣鬼潘力豪表面說要招待我們，但我私底下再偷偷地塞錢給他。

這天中午，我和女神在「力與鏞」渡過了一段美好的時光。

戀愛，我好想20

遇到真愛的時候，每個人的智商都會銳減一百。

在「力與鏞」渡過了一個美好的下午後，女神提議要去旗津看海＋吃旗津海產。

我心想：天賜良機，看海是催化感情的好方法！

根據黎群泡妞必勝的小本子，當黎群要對妹Show Hand時，必勝招之大絕是——看海。

而這個根據是來自於黎群所把過的三十六個妹當中，有三十五個是利用「夕陽和海」到手的。

那我為什麼會這麼篤定經由看海，我可以和女神感情來個大躍進呢？因為我是高雄的「勇基哥」，我的帥氣加上氣氛的催化，女神的心裡應該會有我立足的地方。

來到了黎群推薦的地點：大自然土雞城。這裡的風景真不是蓋的，難怪這裡葬送了許多無知少女對黎群哥的感情。

言歸正傳，女神不發一語地，慢慢地往海的方向前進，似乎若有所思的樣子。

我不想打破這一份沉重且令人窒息的安靜，我想給女神一些空間去沉澱她的煩惱，而我就靜靜地待在女神的旁邊吧。

這樣過了許久，女神終於開口了。

女神朝著大海吶喊，她不甘心地說：我已經是璽鍑的過去了，是不是我就只能把他放下，然後勇敢地大步走下去，過我自己的人生。

我疼惜地說：其實妳早就知道怎麼做，對妳才是最好的，那妳又何必裹足不前，一直緬懷著這段過去，持續地讓這過去傷害妳自己呢？

女神：對！我是有了答案，但我就是無法這樣子做，我無法割捨掉和璽鍑的過去。我無法斷得一乾二淨。李濠，我是不是真的很沒用？

我：妳不是沒用，只是過度執著於和璽鍑的過去，如果妳不割捨掉和他的過去，等於是妳親手逼妳自己進入到一個牢籠裡，這又是何苦呢？有時候，學會放下比擁有還要幸福。

我：你可以把今天當做妳對他的感情盡情放肆的最後一天，但明天開始，妳要振作起來，把他當作過去式，勇敢地向妳的未來前進。

女神大聲嘶吼：我要忘記你，曾——璽——鍑！

看到女神用盡全身力氣吼完那句話，我知道如果我上前給她一個熊抱，應該有百分之九十五點二的機會不會被推開，但我又不是豬哥理由中，做這種低級的事。——理由中：你就很高級唷，「龜笑鱉沒尾」。

我還是保持著我的君子風度，絕不趁女神心情低落，來個趁虛而入。

我：我載妳回去吧，妳什麼都不要想了，好好地休息，給妳自己一個喘息的空間吧！不要再逼妳自己了！

女神眼眶泛淚：我知道，我跟你保證，你明天一定可以看到不一樣的孟沟紋。

我聽到這句話後，內心暗自竊喜：果然等久了，就會是你的。

真的是太爽快了，終於把璽鍑這塊大石頭慢慢地從女神的心中搬走。

送女神回家後，我看時間還早，我就跑去夢時代想看個愛情片，打發一下時間。

到夢時代喜滿客，我正準備要買票進場時，我那富有質感的金屬外殼手機響起……

來電顯示：賴黎群。

我嘀咕：真的很不會挑時間ㄟ，我正要去看有什麼愛情片，來練習我的真愛無敵，希望可以練到level 9，你就偏偏要打電話來亂。

戀愛，我好想21

愛情中沒有平衡這個東西。

不過，這個時間看到黎群哥打來，心中忽然浮現一股不好的預感，難道要叫我拿屠龍寶刀給他屠龍嗎？

接起電話後。

我：黎群哥，有什麼指教的？

黎群哥很慌張地說：你現在人在哪？可以過來找我嗎？我在夢時代三樓的FRIDAY'S。

我：好啦，我剛好在樓上的電影院，現在下去找你，等我一下。

到了FRIDAY'S門口，我才發現黎群哥神情緊張地站在兩個面容姣好但露出凶光的兩個正妹間。

我走到黎群旁邊，輕聲地問：劈腿被抓到唷！

黎群：你是白痴嗎？這情形不是被抓到，難道是左擁右抱喔！

我：你找我來，難道是我要用詠春拳一個打兩個嗎？可是我還沒看電影學第二集，況且我正要看《愛情藥不藥》去練習真愛無敵level 9，就被你抓下來了。

黎群輕聲地說：你電影沒看到是小事，我現在這情況比較嚴重，快幫我解圍。

黎群湊近我耳邊輕聲地說：你把小沛帶走，然後跟她說是因為你想追小麗，所以請我幫忙先認識。這次當我欠你一次，下次我叫鄭馨蒑幫你約你的女神。我們四個一起去外地玩。

小沛和小麗看我和黎群一直咬耳朵，覺得我們可能在串通些什麼，所以兩個有志一同地走了過來，硬生生地把我和黎群拉開。

我從來沒看黎群有搞不定妹的情況，看他那無辜又乞憐的眼神，加上他開出的條件那麼優：跟女神去外地玩。為了我的兄弟，我只好當救火隊幫他這一次，不然他可能劫數難逃。

我牽起小沛的手，把她拉離了現場，拉到了Starbucks裡，點了兩杯飲料，又花了我三百元。我心中的OS：黎群哥，你最好不要喇叭我，不然我一定跟你沒完沒了。

坐下之後，我用嚴肅的口吻和誠懇的眼神，告訴小沛，她所看到的都是一場誤會。那個妹是我想追求的，黎群只是好心先幫我認識。請她要相信他，他只愛她一個。

或許是我的口吻和眼神，跟平常嘻皮笑臉的樣子有很大的落差，小沛再三地思考後，展開了笑顏。並用一絲絲傲慢的口氣：諒他也不敢，他要是敢給我劈腿，我一定拿五十八度的高粱灌爆他的屁股。

P.S.小沛是金門來台灣I大讀書，但不小心被黎群把走的一個妹。

幫黎群處理好以後，回到FRIDAY'S的現場，看到黎群哥笑嘻嘻地和他的新妹小麗吃飯，看來對小沛突然出現一事早都抛到九霄雲外了。

我心裡想：讓你先好好地約個會，等等我們兄弟要來談個正事，我一定會要你兌現你剛剛答應我的出遊約會，這次怎麼樣都不能讓你對我開芭樂票。

處理完黎群的危機，電影的時間也已錯過，我便回去我的別墅等黎群來商討和女神去外地玩的事情。

於是，我傳個簡訊給黎群：約完會，來我家一趟，順便買我的晚餐過來。

大概晚上八點半，黎群幫我帶我的愛心晚餐過來了。

我看了一下，我說：黎群哥，沒有湯和飲料，只有便當，這樣子不太好入口，嘴巴會乾乾的。

黎群沒好氣地說：你現在就是要玩趁火打劫這一招就是了，這便當你要吃就吃，不吃的話我拿去餵豬吃。

我：幹麻這樣，今天幫你這個忙很辛苦的，你知道嗎？我是想說，我們找一天出去玩，反正星期五是十二月三十一日、剛好是跨年，麻煩黎群哥幫我安排安排。黎群哥，你應該沒忘記你今天下午所承諾的事情吧！

黎群挑一挑眉地說：約你的女神跨年唷，你求我啊！

我不甘示弱地說：好啊！你現在要玩那麼硬，是不是。我馬上打電話跟小沛說你劈腿。

說時遲，那時快，黎群的態度馬上有了一百八十度的轉變，黎群馬上跪了下來：濠哥，你大人不計小人過。小的馬上幫你約。

我心裡想：你是有被五十八度的高粱灌爆屁股過嗎？那麼怕小沛。堂堂I大的校草，居然是PTT俱樂部的成員。

五分鐘後，黎群以一副不可一世的表情走了進來，大聲吆喝地說：乖兒子，老子我幫你約好你的女神了，你要是敢跟小沛說今天的事，你就吃不完兜著走。

聽到這個喜從天降的消息後，我高興得不知如何是好。因為我終於出運啦！可以和我喜歡的女生去跨年，這可是二十二年來頭一遭。

我：黎群哥，那我們要計劃去哪裡跨年呢？

黎群：先殺去阿里山迎接第一道曙光，然後再去高美濕地玩水。你覺得如何？

聽完黎群的計劃，我不禁讚嘆果然是I大把妹界的第一高手，不但有知性的行程，可以讓女生覺得和其他男生有所區隔；當中又有幫男生謀福利的行程，真的是「摸蛤仔兼洗褲，一兼二顧」。這行程真的太優了。

我諂媚地說：那一切都聽黎群哥的安排了。

黎群傲慢地說：好好地抱我的大腿，你女神的事，我可以適時指點你幾招，讓你可以更快速地當上她的白馬王子。

看著黎群那副自以為的表情，真的是很想尻他個三拳。但為了我的「和女神跨年出遊」的計劃，我忍了下來。

我用不以為然的口氣嗆他：是，「王子」還是「亡子」，這兩個可是天差地遠。

黎群嘴角微微上揚地說：我出馬，沒有搞不定的女生，只有被我搞定的女生。

我心想：但你不是被小沛吃得死死的嗎？不過，這我可沒敢說出口。

我：我們拭目以待啦！

黎群：行前準備的工作就全部交給你了，你好好地做，我覺得這次出遊的狀況，就大概可以知道，你追女神成功的機率了。

聽到黎群老師這麼一說，我馬上把他趕出我的家門，並在門外貼上「請勿打擾」的告示。這兩天，我必須閉關研究行程，一定要給女神一百分的一百年跨年。

戀愛，我好想22

貪得無厭是讓感情走向衰敗的路徑。

經過我這兩天的閉關研究，我終於擬好一個豐富的跨年之旅行程。希望透過這行程，可以讓我和女神的感情來個大躍進。

行程如下：

十二月三十一日：先到夢時代享受一下人擠人跨年的感覺，這樣我就可以趁機以怕走丟的名義，牽起女神的手。——理由中：你真的夠豬哥了，還有臉說我低級。

一月一日：殺上阿里山，看完第一道曙光後，在阿里山上吃一百年的第一餐。美食＋美景應該好感度最少加個十五分吧。

下山後，帶女神去吃嘉義出名的火雞肉飯，順便在嘉義小逛一下。

當天到台中市先住一晚。先去高美濕地，晚上再去逢甲夜市，最後去大肚山看夜景。

我把我精心擬好的「跨年出遊計劃書」交給情聖黎群哥審查，黎群哥只問了我一句話：這要花多少錢啊？

我一聽到他問這種鳥話，居然連我的行程看都沒看，只關心要花多少錢。

我炮火猛烈地一連用了兩個問句：錢對你來說是問題嗎？是兄弟的感情重要還是錢重要？

黎群也不甘示弱地反擊說：幹，我有五個妹要顧，你只有一個要追，我當然要問一下這出去玩要花掉我多少子彈。而且，為了你我其他四個妹都在跟我抱怨，我跨年為什麼要跟你過、沒跟她過？每天我都被吵這個，你知道嗎？

我深知黎群這人的個性，於是我使出他最沒辦法抗拒的一招——對他撒嬌。

我故作嬌羞狀地說：你人那麼好，怎麼會跟兄弟計較這一些呢？你又不是跟理由中一樣「愛哭愛對路」的類型。你是我們I大所有男生學習的目標：男生們的公敵，女神們的最佳情人。

聽到我的馬屁後，黎群掩不住笑意地說：不要在那邊說一些有的沒的，明天晚上來我家集合。我先去陪小沛吃飯，安撫她我沒辦法陪她去跨年這件事。——理由中：那其他三個妹呢？

我趕緊去準備出遊所需要的東西，一個人跑去Costco大採購，買足所有的東西後。我又送我的愛車去打個蠟，油加滿。就是希望可以讓女神體會到我的一百分用心。

終於到了十二月三十一日晚上準備要出發了，這個時間是我人生最開心的時候。因為，這次在追求女神的過程中，跟偶像劇男主角追女主角的方式和經歷有百分之九十的相似度。我真的要感謝關公，祂真的有聽到我的願望「戀愛，我好想」。

我先去載女神，再繞過去載黎群和鄭馨蘟。

載到女神時，女神說了一句話，讓我不知道該哭還是該笑。那句：看你黑黑的，總覺得你人髒髒的；但每次看到你的車都閃閃發亮。真不知道你是屬於乾淨派還是髒鬼幫的。

我心想：那是因為要載妳，不然誰會把車子一直送去打蠟。

載了黎群他們後，當然第一站就是「夢時代跨年」，由於來跨年的人真的是有夠多的。為了怕走散，我跟黎群使了一下眼色，黎群看了我的眼色便說：我牽鄭馨蘟，李濠你牽孟洵紋，一人顧一個女生，不要讓女生們走丟。

我用了「欲拒還迎」這一招。我對女神說：如果妳覺得這樣不ＯＫ，妳就拉我的袖口，不要勉強。

女神：謝謝你，李濠。你真的很體貼。

我：我知道我人很好，但我今天可不想收好人卡。我那裡已經湊滿五十二張，已經可以打撲克牌了。

女神開玩笑地說：那我今天不發，明天發給你，這樣ＯＫ嗎？

我裝勢要打女神的頭：妳試試看啊！

說完這句，我和女神兩個人相視而笑。

真棒！和女神的相處越來越漸入佳境，女神對我不會一直客套了。

這個情況是好事，代表著我逐漸走進去她的生活圈。

我們在夢時代跨完年後，在高雄吃了「顧身體」小吃店，就直接殺向阿里山。去那邊迎接我們一百年的第一道曙光。

為什麼要選嘉義？因為我曾經陪理由中來這裡把過妹，那一陣子跑嘉義像在跑家裡院子後面那樣頻繁。所以如果去嘉義，什麼都熟，什麼都好安排，女生會覺得你很可靠，會給你加分。

此外，主要的重點是我在網路上看過一篇報導：男追女想要有一個突破性的發展，就必須要有爆點，而根據爆點排行榜：一、感動到心裡的事，二、美食，三、美景。剛好嘉義是個可以讓我完成突破性的爆點的好地方。

我沒有像黎群那樣帥的長相，肚子又有三層肉，所以若能把三個爆點都完成，或許追到女神的機會比較大。

假設說，女神看了阿里山的日出和雲海後，被感動到（第三點完成）；我又帶她去吃嘉義的小吃（第二點達陣）；最後，我再放出一個大絕完成最難完成的第一項……

一想到我的作戰計劃，我不禁地嘴角微微上揚，眼神浮現一絲絲的色樣；忽然間，我聽到有人說了一句話，那句話就是：李濠，你可以找一間醫院停一下嗎？

我回過神來，緊張地說：是誰身體出了什麼問題？要被送去醫院。

這時，車上其他三個人異口同聲地說：就是你！

女神：我每次看到你大概十次有九次你都是一臉痴呆樣，你讓我覺得「帕金森氏症」不是老年人的專利。年輕人也是有機會得的。

女神說完後，坐在後面的兩個笑翻了。一方面是笑女神怎麼那麼遲鈍，不懂我的心意；另一方面是笑我怎麼那麼豬哥，一點都不會掩飾一下對女神的愛意。

我又不能直接對女神唱COCO的〈暗示〉，也不能吐女神的嘈，我就只好以「啞巴吃黃蓮」的方式默默地接受我是一個有「帕金森氏症」的人。

接下來的時間，我不再痴呆了。我以坐副駕要陪駕駛聊天為理由，叫女神陪我聊天。我希望可以藉由聊天的過程，去塑造我是一個一百零一分的好男人。

後面那一對賢伉儷算表現的不錯，聽完女神吐我嘈後，就呼呼大睡了。非常地識大體，知道不能破壞我和女神獨處的氛圍。

戀愛，我好想23

對自己在乎的人、事、物，一定要用盡心機留住。

在往阿里山的途中，伴隨我的是女神的聲音，還有後面那一對的打呼聲。區區的這段路程，我I大SKY怎麼會放在眼裡，兩個小時就給它開到了。到了阿里山山頂，發現跟我有同level水準的人還不少，我心裡暗想：你們居然也想得到來阿里山迎接第一道曙光。

要看美景一定要有好的位置，所以我拿出我的三層肉，積極地從人群中卡出一個夠我們四個看日出的好位置。

二〇一一年一月一日上午五點二十分，太陽緩緩地升起，我來阿里山五次終於成功地看到日出了，其他四次都是因為和理由中他們打麻將，打到起不來看日出。

而且，太陽升起的時間點十分地吉利，五點二十分諧音就是「我愛你」。連老天都在幫我表白，想必我這次應該可以成功。

想到這裡，我又開始賊笑了，但這次把我拉回現實的是黎群那令人想吐的話語。

黎群跟鄭馨薩說：馨薩，你看日出的時間是五點二十分，代表著「我愛妳」，而這個我對妳的承諾的有限期限是一千年。

我聽到後，整個胃開始處於一個極度不舒服的狀態。我跟黎群說：請你注意，旁邊還有其他人，不要說那麼令人想吐的話，好嗎？

黎群故意用一種反激的口氣說：不要嫉妒我啦，你明明也很想說這種話，只是一直苦無對象，現在你身邊就有一個，快說啊！快對她表白你的心意！

難得把氣氛弄得還算ＯＫ，我如果跟女神表白被她打槍，不就整個「乾」在那邊了？那我和女神的出遊，不就打包起來放了？

我噁心地說：群，其實我是嫉妒你為什麼不跟我說「我愛你」，我是愛你的，你不知道嗎？

女神和鄭馨薩被我跟黎群的一搭一唱，逗得心情良好程度有七十五分。

我：下山吧。我們去嘉義走走和吃東西。帶你們去吃好料。

我心裡暗想，「爆點計畫」目前進行到這還算順利。希望可以一直給它順利下去，最後順利達陣。

下山後，我故意先繞去新港的奉天宮，因為我要祈求媽祖娘娘保祐我這次可以順利地追到女神；順便祈求這次的出遊可以平安快樂。

拜完之後，我跟媽祖娘娘求籤，請示一下媽祖娘娘的指示。最後，求出來的結果令我大喜，我求到的那支籤是第一籤。

我們人在做事，絕對不能逆天而行，既然媽祖娘娘都給我這樣清楚不過的指示了。對於追求女神，我也只好「箭在弦上，不得不發」。

第一籤　籤詩如下：

巍巍獨步向雲間　玉殿千官第一班　富貴榮華天付汝　福如東海壽如山

黎群看我求籤後，整個人彷彿像學武之人吃了大還丹一樣，自信心指數飆破兩萬，和他的兩萬五千已相差不遠。所以他也想求一支籤，他很想知道他這艘豪華大船到底情歸何處。

黎群求出來是第二十四籤，廟公跟他解釋：這首籤詩，是先凶後吉，先苦後甘的啟示，沒有耕耘，哪來收穫？春天的播種，夏天的成長，正式秋冬後收成的前奏曲。問感情雖有波折，有情人終成眷屬。凡事夏秋冬都遂意，惟春天則不利。

第二十四籤　籤詩如下：

一春萬事苦憂煎　夏裏營求始帖然　更遇秋成冬至後　恰如騎鶴與腰纏

黎群聽完廟公解釋後，他低聲呢喃地說：我會好好想想誰是我的真愛，然後用盡我所有的心力去對待她。

女神和鄭馨蘟因為都屬於「人定勝天」派的，所以她們就沒求籤，只是單純地拜拜。

拜完之後，我們接著去嘉義市去吃嘉義最出名的火雞肉飯。看女神吃得津津有味，這告訴我們平常美食的節目要多看，帶妹出去玩行前準備要做足。這樣，每個男孩心中的女神都可以比較有機會輕鬆地手到擒來。

這時，黎群開口了，他說：阿濠，前面有一家像湯姆熊的店，我們去玩一下，讓我電一下你的投籃機。

這該死的傢伙，你有必要這樣噹你的兄弟嗎？而且還是在他最喜歡的妹面前，一點面子也不會留。

怒火引發了我的鬥志，我嗆了回去：輸的人今天晚上住的錢就包下來，你敢不敢？

黎群心裡暗爽，因為他的目的就是要激我說出這句話。因為我們PK了一百零三次投籃機，我的勝率大概只有百分之二左右。

而且根據事後黎群他本人自己承認，他這次出來玩只帶了三千元。擺明要我一個人付四個人的錢，真的是很屌的一個人。

但在自己的真愛面前，一個男人是不能示弱的，就算是勝算不高，氣勢也要做到足。就像是可以沒有酒量，也要給它有酒膽。

我故作輕鬆狀地說：那有什麼問題，反正我又不一定會輸。

很可惜事與願違，那百分之二的勝率並沒有發生，我最後以一百六十二分之差敗下陣來。

黎群：馨蕊，晚上妳住台中高級飯店的時候，要記得想到我們的濠哥，我認識他三年，他今天最阿沙力。我回高雄之後，一定要在日曆上把這天給Mark起來，太難得了。

我當然是氣得牙癢癢的，但又能怎麼樣呢？輸了就是輸了，願賭就要服輸。

我轉頭和女神說：我們去看外面攤販有沒有賣墨鏡，我如果再看他們繼續你儂我儂，我眼睛可能會被閃到瞎。

女神聽完後，便拉著我的手走了出去。我心想：這是暗示我獲得故意四壞上到一壘的意思嗎？

我偷偷地用餘光瞥女神的臉色，沒想到，居然是一副神色自若的表情。

女神妳現在是在玩哪招？

這時，我那黑不拉機的臉出現了一種顏色：紅色，整張臉就像是一塊大型的豬肝。

我結結巴巴地說：妳牽我的手，我可以解讀成妳認同我對妳的好，要接受我的意思嗎？

女神：我想通了，我不能再把自己關在牢籠裡面，我該給我自己新的自由了。我不能一直辜負你的好，我要試著去接受你的心意。

雖然我現在的地位好像是讓女神忘記璽鍑的那個替代品，但最起碼我還算是第一後補。接下來，只要把璽鍑從女神的心裡完全打掃乾淨就OK了。

我：我很高興妳能想通，為了慶祝這件事，我決定請妳在文化路吃到飽。

女神開玩笑地說：你果真如傳言所說的小氣ㄟ，請女朋友吃路邊攤。

我：那不然回高雄，我們去「真愛茶坊」吃到飽，可以嗎？

女神故作生氣狀地說：李濠，膽子越來越大了啊你。

我笑嘻嘻地說：大人，小的不敢。

整個下午，就在這打打鬧鬧快樂的氣氛中結束了。

戀愛，我好想24

如果選擇我是妳拿一生下的重注，那說什麼我也會讓妳贏這把。

當黎群和鄭馨蕿看到我和女神牽著手走回來，兩個人嘴巴開得可以塞下兩份大亨堡。

黎群萬萬沒有想到我的棒球天份會如此之高，可以輕輕鬆鬆地從打擊等候區飛躍一壘壘包上。

他倆覺得怎麼會有比雷洪的爆橘拳還扯的事情發生在他們眼前?!

我和女神分別被黎群和鄭馨蕿拉到兩旁，逼問眼前是什麼情形，為什麼看到牛糞上面有朵花。

黎群還是那一貫地輕佻口吻地說：你是給了人家多少錢，不然她怎麼會跟你牽手。還是我電完你投籃機，也順便把她電傻了唷！居然會答應跟你交往。難道世界末日要來了嗎？我們趕快再回阿里山避難。

我：不要如此小看我，雖然我的魅力常常被你那旺盛的男性荷爾蒙所掩蓋，但我還是擁有我迷人之處，好嗎？柯賜海也是有比金城武屌的地方。

忽然間，黎群一本正經地說：做兄弟的當然希望你是幸福的，但我想問的是她的轉變有點太大了，會不會是拿你當備胎，要去忘記璽鍑呢？你要想清楚，寧為雞首不為牛後。

我：不管女神怎麼想，當她牽起我的手的那一刻，代表她把她的幸福賭上我所勾勒出的未來，我是不會讓她輸的。

另一邊，鄭馨蘟正在質問女神，問她為何如此地想不開？

女神幽幽地說：我想通了，與其沉溺在過去的璽鍑；那我為什麼不能勇敢地接受現在的李濠呢？——女神，你選擇了我，等於是參加一場不會輸的賭局。

鄭馨蘟：妳要想清楚唷！因為妳對李濠沒有到愛的程度，那麼受傷的會是妳們兩個人，妳真的要想清楚。

女神：如果我沒有去試著接受李濠對我的好，那我又怎麼知道他是不是我的「右先生」呢？

接下來，我們就出發去台中的高美溼地。因為，曾經有一部經典國片《逃學戰警》教過，泡妞要能讓感情有爆炸性地發展，一定要使用「五浪真言」。

這時，我趕緊打開我的小本子，看「五浪真言」我可以用哪幾浪去擄獲女神的芳心，從心外牆攻入到心中央。

先介紹一下，何謂五浪真言：

第一浪——浪漫

浪漫，是女人的天敵；浪漫，是所向無敵的制勝法寶；當然，浪漫也是一把雙刃劍。如果說女人是水，那麼在浪漫面前，女人更像是一鍋粥……你可以想像：在一個溫馨的小屋裏，周圍燭光閃爍著柔美的光亮，耳邊響起美妙和諧的輕音樂，倒滿杯中的香檳，浪漫在碰杯交懷的那一瞬間，如冰封千年的富士山脈在頃刻間火山爆發，還有什麼不能融化？

五浪真言第二浪——浪費

試問世間誰不愛財？人為財死，鳥為食亡。在金錢的誘惑下，最尊貴的靈魂，最高尚的立場，最聖潔的信仰，都會拜倒在「阿賭物」的石榴裙下。掏錢的動作要瀟灑，花錢的時候要大方；吃的是穿山甲，穿的是＃￥%……總之該浪費的地方要浪費，不該浪費的地方更要浪費！一切的目的是把錢痛快地花掉！

五浪真言第三浪——浪子

浪子，要有迷離深邃的雙眼，要有洞射世俗的觀察力，目光所及之處，只有冷漠和滄桑。行如風，來去無所牽掛，所到之處，枝折花落。手指揮彈之間，盡顯英雄的孤獨。對世間的不屑，對人情的淡漠，對紅塵的看破，皆在浪子的一言一行中，舉手投足間，彰顯無疑，一切盡在掌握……

五浪真言第四浪——浪花

在寬闊無垠的大海身邊，在柔軟疏鬆的沙灘上，讓身體在頑皮的浪花中戲耍，讓心情在這海的胸前盡情釋放。浪花飛濺在她婀娜的嬌軀上，你不經意間投去的眼光，發現那美麗的曲線在濕透衣裳的映襯下如阿爾卑斯山脈一樣連綿起伏、幻化……一切都是那麼的令人著迷，令人失魂落魄。好似一個鬼魅幽靈，牽扯著你內心深處的某根脆弱原始的神經，你在遐想，你在猶豫，你在彷徨，這一切來得那麼突然，這一切來得這麼恰當，但是光天化日之下，你放棄了你可能前功盡棄的愚蠢決定，你保持了君子的鎮靜與安詳。

五浪真言第五浪——浪叫

在銀色的皎潔月光下，在寂靜的曠野叢林裏，一個罪惡的天使假扮成溫順的羔羊，依偎在純潔的美女身旁，用世界上最華麗的堅定語言，說出一生不離不棄的謊；用世界上最無恥的優美辭章，把山盟海誓的戲言無恥地吟唱。在纏綿悱惻中，在乾柴烈火的契合中，於是——你得到了你最終想要的。你的喉嚨裏發出了表現你本性的、披著羊皮的狼的呼聲（一聲浪叫）：好爽！

在高美溼地的下午，我使用了浪子和浪花這兩浪，逗得女神開心到不行。——但我是對黎群使用，想像那畫面，兩個大男人用浪子的眼神對看著，並向著對方拍打水，這樣子還不會讓女神笑到一個爽快嗎？——黎群：在追妹的過程中，你要把你的自尊收到口袋去，結果才是最重要的。

最後，大家坐在車子的前蓋上休息著。一陣靜默中，黎群首先打破這寧靜。

黎群：大家大學畢業後，最想做什麼？

他接著說：我要去柬埔寨當鴨子大王，繼承家業，目標：東南亞鴨王。

女神：希望我可以當一個平凡的上班族，擁有著平凡的幸福。

鄭馨蘟：我想做的事情在一分三秒前改變了，讀財金系的我，畢業後也要去柬埔寨，幫東南亞鴨王做財務規劃，讓他可以輕鬆一點不用太辛苦。

聽到這話，黎群眉頭不禁深鎖了起來。心想：鄭馨蘟，妳搞什麼，帶妳去柬埔寨，這不是讓當地的姑娘失去了追求幸福的資格？

忽然大家陷入一片沉默。

黎群首先回了神過來：李濠，你幹麻不說，你沒有目標嗎？不要在那邊搞壓軸裝神祕，現在不流行這招了啦！

正當，黎群要開始對我說教，我看了看他，我預估到這次說教會長達半小時。於是，我馬上把手壓住那個愛說教的嘴上。

我：希望我可以擁有給予我愛的人幸福的能力。

說完這句話後，我把我之前買的「永保安康」的車票拿了出來，用堅定的眼神和誠懇的口吻，把車票送給女神，車票也代表著送上我最真摯的祝福。

當我說完了這句話，我發現黎群和鄭馨蘟以百米的速度跑上車，並催促著我趕快開車往下個地方。他們說當下那個氛圍令他們想吐。

黎群說，我追女孩子，也沒像你這樣搞這些老套的小把戲。

晚上，依照原定計劃來到了台中市區。

第一站，我們來到了逢甲夜市。由於現在是「Double Date」的情形，黎群提議說來個「食字路口」。

我挑一挑眉地說：賭注是什麼呢？

當黎群說完了賭注之後，如果我有藍白拖，我一定狠狠地往他身上招呼過去，黎群的行為跟蟑螂沒兩樣嘛！

賭注是：茹絲葵雙人套餐一份——根本完全是想要拗我，但他完全忽視我有「三層肉」的肚子，比肚子就已經贏得夠夠。

激戰了三個小時，最後的勝利是屬於有肚子的那一隊，我深怕黎群給我裝傻，我當場押著他畫押，免得回高雄從茹絲葵變成夜市牛排。

戀愛，我好想25

你對我的無微不至，讓我知道愛情中，並不是只有付出的快樂，也有被放在手心上的快樂。

話說，我和女神交往的事傳回I大國貿，有二分之一的人受不了打擊，跑去看精神科；有七分之一的人認為女神的眼睛可能有問題，跑去幫女神掛眼科。他們完全不能接受女神和我交往。

你們這群愛大驚小怪的傢伙，我李濠可以說是落在全台灣男人分佈圖當中的百分之九十三，屬於金字塔頂端的男人。

元旦過後，期末考接踵而來，身為一位貼心又有書生氣息的男朋友，一定要陪自己的女朋友去圖書館K書。女神可是I大財金書卷獎紀錄保持人，目前可是連六拉六，紀錄目前持續中。

不過，我是一個生平無大志，只求一位小馬子的人。一進圖書館就被學校豐富的藏書，給催眠了，大部分的時間都跑去找周公聊天。

這種情形到第三天，女神終於受不了我一進圖書館就睡覺的行為，拿起她畫重點的螢光筆，往我的右臉頰畫了一個大叉叉。

我非常不爽地爬了起來，但我還是強壓下我的怒氣，用很噁心的口吻說：親愛的，怎麼啦！有什麼事嗎？

女神皺著眉說：你現在是學生，就應該盡好你的本分，你都不看書，這樣子考試怎麼會pass呢？你這樣子，我要給你扣四點二七分，只要扣滿五分，我們就十三天不能見面。

十三天不能見面！這比滿情十大酷刑還殘酷，而且我李濠是靠戀愛和單戀這兩個基本元素去維持我的生命機能。女神這一招，無疑是掐中我的死穴，讓我不得不就範啊！

而且，也才在圖書館當伴讀當到連睡三天，就扣了我四點二七分，讓我瀕臨被女神當掉的邊緣。說什麼，我也要想辦法把這頹勢逆轉回來。

我咬牙地說：My Girl，我要怎麼表現，才能把扣分給要回來呢？

女神的眼珠轉了幾下，緩緩地開口說：別說我不給你機會，如果你的行銷期末考可以考得贏我的話，不但你被扣的四點二七分，可以加回來，我還會答應你一件事。

我喜出望外地說：好，我答應妳，妳可別反悔唷！

我的腦筋在我答應女神之後，開始消化女神跟我說的賭注，我從一開始開心可以把分數要回來的喜悅，轉變成騎虎難下的痛苦了。

我耍賴地說：My Girl，可以更改賭注嗎？妳可是I大財金書卷獎女王，我行銷考試怎麼可能考得贏妳呢？我又不是阿湯哥的接班人，《不可能任務四》我演不來啦！

女神用嫵媚的眼神看著我，並緩緩地開口說：My Boy，I'm so sorry. 男人對女人承諾的事，是不可以隨便反悔的，除非你希望別人說我是跟一個娘娘腔在一起。

聽到女神都這麼說了，怎麼可以讓自己的女朋友被說是跟一個娘娘腔在一起。我也不好意思再說些什麼了，再說下去，就好像真的是娘娘腔了。

想到我的處境就有如滿清末年的李鴻章，在談判桌上任日本鬼子宰割，卻又無可奈何的情況。想到行銷考試只剩下兩天，我該如何讓局勢轉變成為我有利，就讓我頭痛萬分，不知如何是好。

但我比李鴻章還要好的是我還沒有輸，在考試結果公布前，我都還有贏的機會，我那該死的無可救藥樂觀認為，我還有那一絲絲的機會可以贏女神。

為了保險起見，我再次地和女神confirm賭注。

我心中暗想：女神，妳千算萬算沒有算到，妳敢去激怒一個靠戀愛去維持他生命機能的男人，還拿他的愛情跟他做賭注，妳恐怕要去滑鐵盧觀光一次了。

從當下開始，我其他的考試科目都丟一邊，全力攻讀行銷，說什麼都不能輸，在女神面前，不能贏她個一次，讓她知道她男人很行，這麼優秀的女生很快就會把我K下場去，她不會希望自己的男生很「落漆」。

或許老天爺看到了我的努力，讓我是主挑大樑演出「不可能任務的四」，想不到我的行銷居然考贏I大財金書卷獎女王，以九十七分VS九十六分，一分之差擊敗女神。

女神得知結果後，很替我開心，因為經過這件事，她知道我可以為了她全心全意地完成任何一件她想要我做到的事，她覺得她找到一個值得的依靠了。

我心想：其實在妳的愛情中，我只想扮演妳的FEDEX和小七，在妳需要我的時候，我可以給妳所需要的一切，並達成妳所有的願望。

女神：願賭服輸，你有什麼願望啊？

我：我希望我們可以一起出去玩，我想要去九份和淡水，聽說情侶都要去九份和淡水玩，才有戀愛的感覺。

女神：好啊，過完春節，我們一起出去玩。

我開心地說：一言為定，我終於可以完成我的十九歲願望——帶女朋友去外地玩，終於有機會體驗一下戀愛出遊，謝謝妳。

女神笑笑地說：你腦子是考到壞掉了嗎？跟我那麼見外，好像我是你請的伴遊小姐似的。

春節過後，我和女神一路開車北上遊玩，到了苗栗縣時，順便去找了黎群，沒想到黎群沒有唬爛我，他曾說他的名聲從三義到苗栗市，每一位十八到二十六歲的女孩都知道他。

我很好奇黎群為什麼可以在他的家鄉那麼有女性緣，於是，我從三義鄉到苗栗市的路上，抽問了十三位女生，她們嬌羞但異口同聲說：黎群那瞇瞇的眼睛和甜甜的笑容真的好迷人唷，電得我不得不向他示愛……。

我用請求的口吻繼續追問下去：還有嗎？拜託妳們跟我分享，我也想成為像他一樣帥氣的男子。

黎群在苗栗分舵的粉絲們聽到我這樣問，異口同聲說：你不可能的，或許你可以整型成和他一樣的樣子；但他那纖細和體貼的心是你學不來的。

我聽完的第一個感覺，並不是覺得黎群怎麼那麼厲害、場面功夫做得那麼好，居然可以讓每個小馬子都對他心悅誠服。而是這些女生說的話，讓我有一個想法：原來帥氣的外表並不是把妹的必要條件，只是相對條件；原來，真正愛你的人是不會只看你的外表，而是看你的內心符不符合他們所要的。

忽然間，我有一個想法：原來感情的最高境界是要讓對方看到自己的內心，而不是外表，外表就像是寫數學的證明題一樣，你忘了把最後證明結果寫出來，老師多少還是會給分。

原來我以前會被一直打槍，就是我過度追求像那些韓國明星的穿著和風格，而忘了讓那些女孩看到我純真的內心。

回到車上，我問了女神一句話：妳喜歡我什麼地方？

女神略微思索了一下，她用很嚴肅的口吻，並緩緩地開口說：我喜歡你的下巴和脖子連成一線，也喜歡你的肚子有三層肉，最重要的是你那粗壯的大腿，讓我無招架之力。

我聽完之後，作勢要打女神。

女神看到後，她說：好啦，好啦。我說實話，其實我喜歡你對我的好，讓我感覺到原來被愛是幸福的。你對我的無微不至，讓我知道愛情當中，並不是只有付出的快樂，也有被放在手心上的快樂。

在苗栗與黎群一起品嚐了最有名的賴新魁麵店後，就一路開往這次出遊的第一站──九份。

戀愛，我好想26

我希望，因為我的出現，可以讓你的世界有所改變，而那改變是好的。

和女神九份之行後，我們的感情也越來越好。由於，好到讓我覺得很不真實，導致我對這份感情變得很不踏實和沒安全感。另一方面我隱隱感覺到，我還是沒有把璽鍑這塊大石頭，完全的從女神心中給搬開了。

因為和女神的戀愛是我的初戀，我變得患得患失，因此我的精神也越來越衰弱。畢竟，這一切美好得太不真實了，我的面容日益憔悴，眼袋也逐漸變大，如果把我的眼袋戳破，應該是可以流出四十五CC的脂肪吧！

每當，女神看到我的時候，因為不想讓她擔心我的情況，我都騙她我晚上都在讀書，想要和她讀同一間的研究所，導致睡眠不足。

我的好朋友黎群和理由中知道真正的詳情，看到我這的外表已經從「勇基」變成有如泡水三天的浮屍。於是，他們把我強拉出來喝茶，並要給我洗腦。因為，他們怕我再胡思亂想下去，會成為真正的浮屍。

他們難得同時講出一口好話，以下是他們倆分別對我說的話：

理由中帶著一副賣弄的口吻：根據經濟學來說，女神已經帶給你負的邊際效益，她無法讓你快樂；跟她相處越久，你越痛苦，故她對你來說是負的劣等財了，快快放棄她吧！

P. S. 劣等財是就是低級財貨，越有錢越不想買的東西。理由中那個低級仔的意思是說：他把錢比作和女神相處的時間，和女神相處越久，和快樂這東西變成平行線，漸行漸遠。

所以他是希望我可以快刀斬亂麻，和女神分開。他的想法是長痛不如短痛，分手或許會很痛，但也可以恢復得更快，他認為不要再歹戲拖棚了。

我有點生氣地說：你知道那種感覺嗎？你用盡全力去付出和經營一段感情，但不一定可以讓它是喜劇收尾，那一種的無力感嗎？

黎群開導我說：感情這種事不是我們外人來下指導棋，去教你怎麼做。而是你要用盡你的努力和一切，去經營和維持它。結果也許可能不如我們所想的順遂，但至少我們認真經營之後，我們沒有遺憾。

黎群看到我這苦惱的樣子，便給我一個建議：不如去高雄文武聖殿問關公，讓你自己求一個心安，我常常在我感情遇到無法解決的事，就去問關公。

聽了黎群這一番話，讓我了解到原來在愛情神的面前，是眾人平等的，就連在高雄和苗栗女生界的常勝將軍——賴黎群，遇到感情也有手足無措、去求神問卜的時候。

我低聲呢喃地說：或許求神問卜，是沒有招中的招術吧！

理由中：自己的幸福還要去問神，你會不會太廢了！如果你自己都認為自己沒有能力去掌握，那你就沒有資格去擁有。

理由中說的對，但現在的我真的很需要一個支持下去的力量，所以求籤是我所能想到的下下策。

於是，我拉著黎群陪我到鹽埕區富野路的文武聖殿來詢問關公，我恭恭敬敬地將我在家樂福買好的二六八元的供品擺好後，我便認真地拜拜祈求關公將我的案件，以最急件的速度pass給月老處理。

拜完之後，心情輕鬆了很多。或許，是因為覺得自己已經盡了一切的努力，感覺背後開始有一股東方神祕的力量支持著我。

為了要和女神考上同一所研究所，我日夜苦讀，因為女神的第一志願是中山財金，然後我又是從國貿半路出家考財金所，所以我要比別人更努力。

於是，我展開我這輩子到目前為止超長的持久力，去做一件我以前認為白痴的事。我想遇到愛情，我這個有如愛因斯坦般的頭惱也會瞬間當機，變成一個眼中只有愛情的小公狗。

在我閉關苦讀的時候，我完全地把自己隔絕，而我和女神就只有電話聯絡，以電話關心彼此的近況和鼓勵對方。

殊不知，當我認真拚死苦讀要和女神考上同一間研究所的同時，我和女神的愛情面臨到了一個關鍵，有一隻令人討厭的黑手悄悄地伸進來破壞。

不知不覺，時間來到了研究所的考季三月，我和女神台灣南北奔波地考試，就是希望可以一舉上榜，而我的目的也很簡單，就是希望可以和女神當一對人人稱羨的碩士高材生情侶。

只是在和女神赴試的途中，我發現女神的眉頭總是深鎖著，似乎是有什麼心事又上她的身了，就好像之前璽鍑事件一樣，讓我有一絲絲地不詳的預感，但又說不上來是什麼壞東西籠罩著我們的感情。

四月是一個幾家歡喜幾家愁的月份，學校紛紛放榜。女神也不負眾望地，考取了中山財金所。

很多人問那我考上哪裡呢？中山財金所我只是備取最後一名，所以要和女神同一間研究所的夢想整個大破滅，這讓我的心情一整個鬱鬱寡歡。

放榜的結果出來，我都是備取的命居多，但居然好死不死上了一間正取的，那間就是政大金融所。——財金系的人NO．1選擇，居然讓我考上了。

這讓I大國貿系又摔壞了一堆眼鏡，因為我在I大國貿有一個外號，就是「重修小王子」。他們覺得，大學每個學期都要超修的人（因為重修科目太多），居然可以考上政大金融所，成為I大國貿的招牌。

我打給女神，約她出來吃大餐，我要好好地慰勞她這幾個月認真讀書的辛苦，女神的聲音並沒有太多的喜悅，只是淡淡地說：好，剛好我也有話要和你說。

我聽到女神冷淡的聲音，當下並沒有多想，只是覺得經過東奔西跑的考試，讓她身心俱疲。

我和女神的感情這時已經緩緩地往終點站邁進。原來在一段不穩固的感情中，任何一點點的風吹草動，都是壓垮這段感情的一根稻草。

戀愛，我好想27

如果只是覺得還不錯，那就不要和他在一起，因為會是一種傷害。

我一如往常地穿上我的「勇基」裝，興高采烈地去接我的女神。當我一到女神家樓下，我的心情瞬間從晴天轉換成陰天，因為我看見了一個不速之客：壐鍑。

我心中暗想：天殺的，這個死人來我女神這幹嘛啊？難道他們之間又有什麼事是我不知道的嗎？而且，為什麼女神用那種抱歉眼神看著我，而且愧疚到只差沒跟我下跪了。

我在車上看到這番情景，我的身體開始冒出冷汗，我感覺到壐鍑的頭頂上有一個很大的數字：3（指小三），聲勢強強壓過我這個：1（指正宮），看來今天這個局我會很不好過。

我下車裝著一副若無其事的樣子，走過去向女神和壐鍑打招呼。這種時候，絕對不能自亂陣腳，一定要大方應對。

女神：李濠，今天吃飯的場合，我有約壐鍑，希望你不要在意。我們有事情要和你說。

我心中暗想：幹！這不是偶像劇的劇情嗎？前男友來找前女友，然後兩個連成一氣，準備要把現任男友給KO掉。

雖然，我考上政大金融所，但你們也不用這樣對我禮數那麼夠，送我一頂綠帽給我戴，當作我考上研究所的賀禮。

看來今天的局，無疑地是一場鴻門宴，我故作帥氣也意有所指地說：看來今天的飯是吃不成了，就算去吃也會「吃不好」。不如我們去喝東西，聽聽看你們有什話要說。

女神聽完我這麼說後，浮現出那該死的無辜表情，彷彿她等等要去屠宰保育類動物似的，下不了手的樣子。

這時，有一個討厭的人出聲了，那就是璽鍑。

璽鍑：洶紋，我們趕快和他說清楚，我還想帶妳去妳姐的墓前和她說我們要在一起的好消息。

我終於壓抑不住我的怒氣，我向璽鍑咆哮地說：媽的，你不要太過份唷！當初是你不要洶紋的，現在她跟我在一起，你回來搶就算了，你現在在那邊囂張些什麼。幹！「尊重」兩個字你他媽的會不會寫，要不要我教你怎麼寫。

女神這時眼眶已經泛著淚，她哽咽地開口：璽鍑，你先上樓等我一下，還是讓我單獨和李濠把事情說清楚，這樣的處理方式對大家都好。

我和女神肩並肩地走到了附近有名的「杯子」咖啡館，我點了一杯黑咖啡，女神點一杯卡布奇諾。

女神：李濠，我要先和你說聲抱歉，是我辜負你對我的好，你現在要做的事，就是把我忘記，去找一個值得你對她好的女生。

聽到女神這樣講，如同發出我家已經厚厚一疊的好人卡。我咬牙地說：妳和璽鍑是什麼時候開始聯絡的，為什麼妳要隱瞞這件事呢？

女神滿臉愧疚說：大概在二月十四號左右開始，有一天我讀完書回來看到璽鍑，在我家樓下等我，我看到後，一開始裝作不認識地走過去，璽鍑看到此景，也沒有說些什麼。這種情況，持續了七天，他只要等到我回來，人就離開。到二月二十一日，我終於忍不住開口問他：你到底有什麼目的？你這樣子的行為已經造成了我的困擾，請你不要再這樣子了。

璽鍑用很可憐地口吻說：沟紋，我會這樣子做，只是要讓妳聽我說話。就一次，我想和妳把話說清楚，聽完後妳再做決定，好嗎？

好一個情場高手璽鍑，先用「愚公移山」這招的恆心降低女神的敵意和排斥感，再用「孟姜女哭牆」這招裝可憐。真是一句話形容——天殺的，狗屎，有夠狠的。

於是，他們來到了附近的Starbucks，璽鍑開始使出他的大絕招。

璽鍑：沟紋，我會跑來找妳，是因為我發現了一個祕密；在說出我的發現之前，我先和妳確認一件事：我第一次看到的女孩是妳，不是妳姊姊均玿，對吧？

女神略微震驚說：你怎麼知道這件事的？

璽鍑：過年的時候，我回老家一趟，發現我的房間有一封妳姊姊寫的信，不過寄出的日期已經是我去美國的時候了，我想是妳父母在整理妳姊姊東西的時候發現的，然後把它寄來我這的。

璽鍑：其實，妳姐姐一直對妳感到抱歉又感激妳的成全，妳們姊妹倆同時在那天遇見我，而我對我所遇到的第一個女孩——妳，是有感覺的。妳也是對我有感覺的，只是妳姊姊和妳說她遇到我，並喜歡我時，妳就決定把妳對我的愛放在心深處。

女神不置可否地說：那又怎麼樣呢？你已經有女朋友了，現在再說這些有什麼用。我也已經找到一個很愛我的人了，我現在很幸福。況且，你連我和我姊都分不出來，說你對我有感覺你會不會太over一點了。

據女神說，璽鍑聽到女神給他打槍，面色依然不動如山，真的是一位趴數很夠的情場高手。

璽鍑一副老神在在地模樣，彷彿女神有這樣的反應，都寫在他的腳本內似的。

璽鍑：妳姊姊寫這封信的時候，本來是要在聖誕節那天，慶祝完我們兩周年的時候，拿給我，並徹底地離開我，她覺得她不配擁有這一份幸福。她想把這一份幸福還給妳，還給原本屬於它的人。

女神：現在說這些都真的太遲了，不要再說了，就讓這一份感情塵封在我們心裡，當作是彼此最美好的回憶吧。

璽鍑：這是妳姊姊寫的信，妳好好地看一下；還有，我已經和我女朋友分手了，我發現到我不能因為對方還不錯，而和對方在一起，畢竟對方是拿一百分的心意在對待我，我既然無法給予對方同等的心意，不如趁早結束這段關係，放她自由。

璽鍑說完後，便轉身就走。

根據女神所描述的，我想璽鍑應該是忘了帶錢包出門，才想說用這帥氣的方式做一個ending，沒有去結掉飲料的錢，讓女神去付。說真的，女神跟我說到這裡，我一點都嗅不出有任何豬羊變色的感覺，我還穩穩地坐在安全區，為什麼一下子就被打入淘汰區了呢？

女神：當我聽完璽鍑這樣說，我回家後開始很認真地去思索我們三人的關係。我沒有辦法去否定掉你所對我的好，但我又無法忘記璽鍑帶給我怦然心動的感覺。

女神：我想了很久，我要的感情是一段我可以為對方全心全意付出的，而不是對方給我一百分，我能給予你的卻只有六十分。

我忍不住打斷了女神的話。

我故作鎮靜地說：所以妳現在就是要跟我分手，妳覺得繼續享受我對妳的付出，妳會愧疚、妳會壓力大。所以妳想回去那個死人身邊，是不是？

女神咬牙地說：對！我發現我還是愛他，我發現，我不能因為覺得你還不錯，而選擇和你在一起。這樣子，受傷最重的會是你，我不忍心讓你繼續受到傷害。

聽到這句話，我整個怒不可遏地說：妳憑什麼替我的愛情做決定，妳這樣會不會太自作主張了。不要說妳是為我好，妳也不要替妳自己的行為合理化，這樣子只會讓我看不起妳。我不想看不起妳，妳是我的女神啊！

我接著說：我現在不想再討論這問題，我們好好地思考一個晚上，明天晚上就我們兩個，我們再好好地談談。

我試圖要為我的愛情拚上最後一次，也做好準備要賠上我的尊嚴去捍衛我的愛情。

戀愛，我好想28

我們的愛情就像是放射線，未來只會越離越遠。

我真的也夠好運的，電視上在演的偶像劇劇情，我都能遇上，而且還是在我的初戀。

我去振昌洋酒行買了兩隻蘇格登，準備今天把自己灌醉，然後明天起來，期許一切都沒有改變。——理由中：耍什麼帥，學人家喝洋酒。台啤兩罐你就醉倒了。

隔天一起來，除了頭痛和全身充滿酒精，其他的改變都沒有回復到昨天和女神見面之前的原貌。

這時，我的電話響了起來，來電顯示：賴黎群。

我心中暗想：黎群可能有收到我被女神淘汰出局的風聲，不然怎麼會在早上七點二十三分打給我。

接起電話後，黎群關心的聲音讓我感覺到他有一絲絲地憤怒和對我被這樣欺負的不捨。想不到，我的磁場是只有吸引友情的命，磁力弱到無法把愛情吸住。

黎群：我在你家門口，馬上出來，我要給你面授機宜一下，我們要把這頹勢給逆轉回來。

我和黎群坐在附近的八十五度C，我準備好束脩，恭敬地請黎群大師給我指導，我很希望自己能把這個頹勢逆轉回來。

如果，我的愛情可以像我們現實生活中一樣，可以買賣和交易，那我願意付出一切去喚回女神的回心轉意。

黎群清一清喉嚨並正襟危坐地說：李濠，現在你能用的招並不多，我想到有三招：

一、孟姜女哭牆：裝可憐激起女性的同情心，女生通常會對弱勢投注比較多關愛，只要能引起關愛，才有機會逆轉勝。

二、老萊子娛親：這招顧名思義就是用幽默感來逗女生開心，女生決定是否要和這男的在一起，有很大一個因素取決於這男的是否幽默，不過你這招先等你穩定好你的感情後再使用。

三、乘龍快婿：這招就是你以坦白、真誠態度面對任何人、事、物，你把你的想法和感情都完完全全地和女神說清楚，或許你還有一搏的機會。

我聽完黎群大師的指點後，我決定要用孟姜女哭牆＋乘龍快婿，向女神好好訴說我對她的想法和感情。

和黎群告別後，我想到一件事，也許這是我可以為女神做的最後一件事，就是一千隻有我滿滿祝福的紙鶴，我還差七十三隻紙鶴就完成了。沒想到居然變成我送給女神的最後一個禮物。

說真的，和女神交往後，我改變最大的就是：三分鐘熱度徹底遠離我，當初只是不想對女神的承諾落空，所以絕對盡力完成。沒想到，久而久之，我就養成想做的事情一定會堅持到底，不管事情的結果如何。

於是，我回家把我的七十三隻紙鶴摺完，然後和女神約好時間和地點，準備要來個最後大逆襲，希望可以把女神的心再搶回來。

黎群跟我說過，在雙方談判的時候，場地是很重要的，一定要選擇對自己有利的場所，於是我選擇我再熟悉不過的場子——文化中心那邊的廣招英。我住文化中心附近的時候，一個星期二十一餐有十六餐都是吃廣招英解決的。它的價位很符合我的風格：簡單儉樸。

我和女神點了兩杯木瓜牛奶後，選了一個靠窗的位置坐了下來。

我用眼神和女神示意，我要先說。

我：說真的，我一時難以接受這個事實。因為，妳和我說的事情，畢竟事先無預兆，而且在短短的時間內，為什麼我們的感情可以說變就變？這真的讓我很不解，我希望妳能再給我們一些轉圜的空間。拜託，請妳再給我一個機會，好嗎？

女神語帶堅定說：我知道是我辜負這段感情，畢竟當初是我先說開始的，卻又是我單方面把它結束掉，我真的很對不起你。但感情中如果混雜著同情，繼續下去對我們都是一種痛苦。

我聽到女神這樣說，我心已經冷掉一大半了，看來她是真的下定決心要結束這一段感情，沒有任何轉圜的空間。

好吧，既然要退場，我也要退得漂亮。

我故作瀟灑地說：我想我說再多的請求和拜託，是不會再改變些什麼。我們的感情已變成是放射線，未來只會越離越遠。謝謝妳，給了我這一段美好的愛情。這一千隻紙鶴是送妳的，妳要怎麼處置是妳的自由。最後，請妳記住一件事——比我幸福。

理由中事後聽到我和女神談判的事情，他是這樣說的。理由中：你以為你是羅志祥嗎？還在那邊裝最後的風度，你應該一腳踢爆她的頭。

在我和女神談判完之後，我的生活又頓時失去了奮鬥的目標。我乾脆連續十五天沒去學校，窩在家裡思考人生的方向。

十五天沒去學校OK嗎？我已經大四下了，課也沒有幾堂，加上我的身分是準政大金融所的研究生，教授也都對我睜一隻眼、閉一隻眼，誰叫我是I大國貿創系以來，第一個考上國立研究所的男人。我想，教授們應該不會用缺席太多這個爛理由，阻止我畢業。

不知不覺，時間到了五月二十日（思考的第十五天），去年的這個時候，我發誓要交到一個女朋友陪我過五二〇，沒想到我的初戀只維持了四個多月就沒有了。讓我孤單過五二〇的紀錄邁向連續二十三年。當我過著這種自怨自艾的日子來到五二〇，我睡到早上的四點四十四分起來尿尿，在尿尿的時候，忽然抖了一下，把我的睡意都抖掉了。

我打開電腦、看一下有沒有什麼人可以在這時候陪我聊一聊？但大家都睡死了，上線的沒有幾隻貓。

我忽然看到有一個人的暱稱打：「Gaza服飾大特價，歡迎各位俊男美女參觀選購」。

我看到這之後，腦筋又用每秒一千五百轉的速度在想，我有認識什麼人是在賣衣服的，還是這是我以前上交友網站亂加ＭＳＮ的？

這時，我的心底浮出理由中曾經說過的一句話。理由中：當你遇到情傷，一定要找一件事去轉移你的注意力。

於是，我丟訊息給那位「Gaza服飾大特價，歡迎各位俊男美女參觀選購」。

以下是我們的對話內容：

我：請問你打那家店是在高雄嗎？我想要去選購幾件衣服和褲子。

「Gaza服飾大特價，歡迎各位俊男美女參觀選購」：我們的店在崛江裡面，你要來的時候，打給我，我再跟你說店在哪邊。我的電話：０９８××××××１，謝謝你^^。

我看到她打那個笑臉之後，依我網路交友的經驗，有百分之七十九是一個妹，只是不知道是正妹還是龍姑娘而已。

接著，我又去看小孟有沒有在線上，運氣不錯，小孟在線上。

只不過，小孟的暱稱改為「我找到屬於我自己的幸福」。

我：小孟，晚安啊。恭喜妳找到幸福囉！願意和我分享妳的喜悅嗎？

小孟：我終於和我心裡的那個人在一起了，我好開心。

我看到小孟這樣說，我冒出一個想法：難道小孟就是女神嗎？小孟和我同校，也讀財金系，又有打工。而且一個系不會有兩個女生剛好姓孟吧！

我：小孟，認識妳也有一段時間了。請問妳的本名叫什麼呢？方便說嗎？

小孟：我叫孟洶紋，你呢？只知道你叫阿濠。

我一看到小孟回的訊息，我馬上又跌入失戀的情緒中。我不想讓這情緒再影響我，我馬上把MSN的狀態變為離線，並把小孟給封鎖。

我一定要讓孟洶紋徹底離開我的生命，而且不能在為她失志。

戀愛，我好想29

面對愛情，就像打者面對兩好球，不管投手投出什麼樣的球，只要進過好球帶，不管是不是你要的球，你也要能毫不猶豫地出棒，因為出棒才有機會扭轉這一切。

在這十五天的思考中，我徹徹底底地把自己各方面重新思考了一遍，看自己是否哪裡有所不足，才會沒有辦法當女神的「右先生」。

我從我對女神的方式、衣著、我的身材、還有我的臉……等各方面去考量。我對女神的方式，已經比照Lady Gaga來台的規格去對待，這方面應該問題不大。

至於衣著方面，我每次要和女神去約會，我的整體造型都委由I大品味時尚男——賴黎群打點處理，品味是無從被挑剔起的。身材的話，我身高一七八點二公分、體重七十七點七公斤。雖說不上標準，但從一百二十公尺外看，還滿有型的。

我對這些問題想了十五天，經過各方面精闢地分析，我拍板定案，這次的「女神戀愛大出擊」失敗，有百分之九九點二三不是我的原因。

雖說不完全是我的原因，但我還是要把自己的內外在都鍛鍊得更好、更優，讓自己成為一個無法挑剔的完美男人。

所以，我要讓自己的外表更有型、更帥氣，要把層級從「勇基」拉高成「玄彬」，目標希望可以吃下二十到三十歲這個年齡層的女性。

隔天中午，我來到了崛江，我打給暱稱「Gaza服飾大特價，歡迎各位俊男美女參觀選購」，請她出來帶我，結果令人大吃一驚。

我看到她的時候，我口中飆出一句：What the Fuck！怎麼那麼正啊！

「Gaza服飾大特價，歡迎各位俊男美女參觀選購」看到我，微微笑地：我叫小文，請問你怎麼稱呼呢？

我結結巴巴地：我…叫…李…濠。

小文笑笑地說：你是有三年沒說話了嗎？說個話結結巴巴地。

我用一個開玩笑的方式去帶過這尷尬的場景。我：沒有啦，剛剛喉嚨有點卡彈。我們走吧。

到了Gaza，小文不厭其煩地幫我搭配、介紹我適合穿什麼樣的衣服，在試衣服的過程中，我的情緒漸漸地被她溫暖的笑容所感染，慢慢從狂風暴雨要轉變成晴天。

我總共買了兩萬五千元，一整個大買，希望可以藉由Shopping讓自己更快離開這悲傷的情緒。

戰利品：三件襯衫，四條褲子，兩件皮衣，一雙皮鞋，一件風衣，五件T恤。

買完後，我打給黎群，跟他說他好兄弟——自信濠，於五月二十一日重出江湖。希望他可以空下今天的時間陪我。

黎群也很夠意思，果真拋下所有女朋友的約來陪我。我和黎群去PK撞球，黎群打一百顆讓我七十顆，賭注是：老四川麻辣鍋。因為，今天一個衝動＋小文的笑容，讓我花掉兩萬五千，不得不找黎群出來騙吃一餐。

而根據我和黎群PK的經驗，撞球打一百顆他讓我七十顆，這個勝率我有百分之六十二點四四。

不過，也真的夠衰，勝率百分之六十二點四四並沒有發生在我身上，結果出來我被黎群慘電。黎群喜孜孜地說：謝謝濠哥老四川。

我不服這個結果，和黎群說我要上訴，於是我們又去PK保齡球，結果也是一個字可以形容：「幹」！又輸了三十分。

現在是怎樣，我重出江湖的第一天，就那麼不順，打什麼球都輸。

黎群冷冷地說：你以為要保住I大女生界最喜愛男生的第一名，哪有那麼容易？一定要多多鍛鍊各方面的才能，保持住帥氣又多才多藝的形象，是我一直以來的目標。

願賭服輸，我和黎群一起來到中山路上的老四川共度晚餐。

黎群這個人真的很不會替朋友著想，朋友情傷+購物花了兩萬五千，還一副大爺樣一直點，如果最後他沒給我吃完，剩下的食物我會全塞進去他的屁股裡。

我去弄沾醬時，不小心把沾醬滴到隔壁的人，我抬起頭正要和那個人說對不起時，我嚇到了，那個人也同時愣住了，因為那個人是我下午遇到的美麗Gaza店員小文。

這時候，我忽然有一個想法：約小文和她的朋友一起來吃，一方面黎群看到有女生在場會客氣一點。另外說不定他看到有他喜歡的女生，會搶著跟我付錢。

我鼓起勇氣地說：妳們要不要和我們一起吃飯？我考上政大金融所，正和朋友慶祝，妳們也一起來吃飯吧！人多比較熱鬧！

小文想了一下，微微笑地說：好啊，我和我的朋友就先謝謝你的招待囉！

當我帶著三位正妹回來時，黎群的臉從驚訝變得靦腆，我心中暗想：又來這一招，裝靦腆讓女生覺得是一個純情男孩，根據黎群自己說，他這招裝靦腆無往不利，沒有一個他看中的妹能逃得了他這一招。

這兩小時的吃飯途中，讓我對黎群的把妹招數甘拜下風，完全把不熟的場子僅用了二十分鐘，就轉換成互有好感的場子。

這時，黎群用眼神和我示意：上廁所。

黎群：這個情況一定要打鐵趁熱，約喝飲料，繼續猛烈＋持續地攻擊。不然，枉費老天替你安排的大好機會，約去ROOF喝東西，它那邊的view還不錯。

我心想：老天要幫不會只幫一次，一定會接二連三地猛幫。

我跟小文說：小文，要不要續攤喝飲料，讓我們再多認識一些。

小文又用那該死的甜甜笑容回答我：好。

該死的小文，妳不要再用妳的笑容來面對我了，我已經快承受不住了，妳的笑容電壓直逼高壓電，再被這樣電下去，我怕我會犯下社會案件。

經過這樣吃飯＋喝飲料，我和小文的感情也有顯著地進展，小文的內心其實和她的外表差很多，她那光鮮亮麗的外表隱藏著純真的內心。我很慶幸，老天讓我認識到一個那麼好的女孩，這次我一定要好好地把握住。

小文她的內心善良、單純，但在愛情路上卻總是一直受傷和被騙。

根據小文的說法，她的五二〇也是自己一個人過的，在五二〇那天，因為她要給她前男友一個驚喜，所以她躲在她男朋友家的廁所，準備等他回來，送他一個屬於他們倆的五二〇紀念禮物。

不來個突襲送禮還好，搞這一招下去後，抓到他男朋友對別的女生所投出來的球，豪邁地揮出了全壘打。重點是，那個男的看到小文後，還惱羞成怒地用言語辱罵小文還把她趕出去。

她的朋友怕她想不開和難過，於是要請她吃她最愛的老四川，希望可以藉由美食把她的壞心情給趕走。

我聽到這，腦中的回憶又回到女神和我說分手的那天，女神那不捨但堅定的眼神，我想到就心酸，為什麼我的付出是被否定的？難道認真付出最後卻是落得被人拒絕的下場，賠上尊嚴也喚不回女神的回頭？

我越想越傷心，但小文所遭遇到的更令人傷心，我十分地不捨，那男的簡直就是他媽的雜碎，做這種低級的事，而且還一副死不認錯的態度。

我也跟小文說被女神拒絕的事情，小文聽了，非常地同情我的遭遇，認為女神對我的處置太狠了，但她以女人的角度是可以認同女神所做的決定。

我發現，我的愛情下一站似乎在小文那，我也暗自下決心，要陪她度過這個低潮和成為她唯一的男人。

我的雙眼又開始炯炯有神，我一定要趁我九月前去台北讀研究所時，把小文的內心給攻下來。

果然，要治失戀最好的方式就是再去戀愛。

戀愛，我好想30

兩人相處，有時後面子少一點，體諒多一點，紛爭會少一點。

雖然說五二〇我過得很悲傷，但我的五二一可是過得非常得Colorful，而且也有一個新目標——小文正妹。

隔天，我、理由中、賴黎群和張小偉，我們兄弟四人在美而美吃早餐，理由中和張小偉看到我一副生龍活虎，感到有一些些訝異。

我用極度開心地口吻說：兄弟們，我昨晚墜入愛河了，恭喜我吧！

他們倆聽到我這樣說，不但沒有恭喜我，反而開始翻早餐店的報紙，似乎在找什麼新聞的樣子。

我：你們倆在找什麼東西？快恭喜我啊，我又有新目標了。

理由中和張小偉：我們在看地方新聞有沒有報導有人昨晚跳愛河？你昨天有沒有被人抓進去派出所，被警察用公共危險罪抓起來。

我：你們是白痴嗎？我又沒有被失戀搞到變白痴，跑去跳臭到一聞就想死的愛河，說不定跳的時候還被鴨子船撞到。我的意思是我有喜歡的人。

我：你們三個人幫我集思廣益一下，幫我擬定一個「攻克小文」的戰略計畫，這次計畫只許成功不許失敗。

黎群娓娓道來：第一步，你還是要多了解她一些，你可以用你跟她買的衣服你不會搭或不合身……等理由，把她給約出來，把她的底細給摸清。

我用讚嘆地口吻說：黎群，你真的是我感情路上不可或缺的軍師，讓我如魚得水、如虎添翼。

我：理由中和張小偉你們倆，明天交上你們的「攻克小文」的戰略計畫，有值得採用的地方，我就請你們吃原燒。

理由中和張小偉不以為然地說：得了吧！我們對原燒沒有期待，對原味滷肉飯比較看好。

黎群：你中午就再殺過去直接去店裡找她，然後開口約她，店裡那麼多人，她會不太好意思直接地拒絕你，這樣子你就可以順利地約她出來，再好好地把她的底給摸清。最好是把你想要知道她的事先寫下來，以免忘記。

我：師父真是高招，不虧是橫跨苗栗和高雄的把妹無敵手，我真的佩服得五體投地。

黎群嘴角偷偷地上揚說：現在不是在那邊說有的沒的時候，了解她是什麼樣的人，就投其所好。我想你應該不會連衰兩次了吧，如果真的再那麼衰，你就回去找蔣琳好了。

於是，我依照黎群教我的招數去執行「攻克小文」的戰略計畫，我來到了Gaza約了小文去Cest la vie喝香檳。黎群說過：酒精的催化之下，人人往往會說真話，很容易套出事情。

我：小文，妳下班後我可以約妳去Cest la vie喝香檳嗎？我朋友有給我兩張招待券，想找妳去喝，順便謝謝妳剛剛教我搭衣服。

小文被我突如其來的邀約嚇到，想拒絕我，但又怕我在那麼多人面前下不了台，有一點左右為難。

我暗自讚嘆黎群教我的招數，果然招招都切中要害，讓小文進退維谷。

最後，小文不忍讓我下不了台，她開口：好啊，我下班後打給你，晚上見。

晚上，我和小文在Cest la vie聊了很多，像是價值觀、愛情觀和人生觀……等等，這讓我對小文有更進一步的了解，也更加確定我這次沒有看錯人，因為我們的觀念幾乎一樣，我認定她是一個值得被真心對待的好女孩，我也願意把我的真心再Show Hand一次。

晚上的Cest la vie行動一整個大成功，也和小文約好下次約會的時間。

我送小文回家後，我看了看時間，才凌晨兩點半，我打給我好兄弟張小偉，約他出來吃消夜，順便驗收我早上派給他的功課，看他做好了沒。

張小偉：我跟你說，你不能只靠單兵作戰，你要去攏絡她的朋友們，只要她的朋友願意幫你說話的話，再加上黎群的招數，會事半功倍。

我：那我要怎麼做，才能讓她的朋友是挺我的啊？

張小偉：你下次約會盡量不要再單獨約了，一方面再獨處相處下去，小文的壓力會更大，反而有可能會逃開。你請她約她的朋友，你也約你的朋友，我們大家一起去唱歌，藉由大家的相處，感情會比較容易發展。

我不禁讚嘆地說：小偉哥，你這一招太勇猛了，在你們的幫忙下，小文還不手到擒來。哈哈哈！

隔天中午，我傳了封簡訊給小文。

簡訊內容如下：

小文老大，我朋友跟我打賭輸了，要請我們去唱歌，妳也找妳朋友一起來，有女生來唱歌，會提高我們這群的歌唱水準，無論如何請妳和妳朋友們務必賞光，救救我的耳朵。也讓我的朋友們知道這世界是有美妙的聲音。

我還特地把簡訊給黎群大師看過，黎群給了我七十分的評價，說依我的程度可以傳得出這種簡訊已經很「緊繃」了。

大概隔了兩個小時，小文回訊息給我：呵呵，你的活動會不會太多了啊！每天都有新活動，你把地點和時間傳給我，我問一下我朋友ＯＫ不ＯＫ。

我問黎群下一步該怎麼做，現在的每一步都不能出錯，所以我要小心因應每一步。

黎群：看她這樣回訊息，雖然沒有接受你的邀約，但也沒有直接拒絕你。你直接就再傳一封硬一點的訊息，讓她連拒絕都沒辦法拒絕你。

我請黎群幫我回這封簡訊，黎群傳一封文情並茂的訊息給小文，然後指示我直接去小文的店裡找她，把她和她的朋友們押去唱歌。

小文看到黎群的簡訊，隔沒多久就回傳我說：ＯＫ！我還有約我的兩個朋友唷！

「攻克小文」的戰略計畫，到目前為止都按照黎群的劇本在走，根據黎群大師的泡妞小本子，沒有意外的話，只要再一個月內就可以將小文的心攻下來。

我跟理由中他們說，晚上要去錢櫃唱歌，理由中那個沒有水準的傢伙，一聽到要去錢櫃唱歌，馬上臉臭得跟大便一樣，還說他身上只有三百二十元，超過的錢他不出。

我對理由中這種低級的行為，感到非常地不爽，死貪小便宜的個性。

於是，我對理由中曉以大義：理由中，今天是一個有妹的場合，當然要去錢櫃，妹跟你出去都是會先看地點的，如果你選歌友會和妹唱歌，馬上就會被妹給打槍。

理由中聽到我的分析後，覺得也有道理，於是也就勉為其難地同意我的提議。

戀愛，我好想31

我無法改變事實，但我能改變面對事實的方式。

我們來到了錢櫃後，黎群說：我們分兩隊比唱歌，比賽方式一對一ＰＫ。總分加起來看誰高分，誰就是贏家。輸家請贏家吃早餐。

大家都同意黎群的提議，於是就兩兩猜拳，輸的人一隊，贏的人一隊。

老天爺對我還不錯，我和小文在一隊，我們這隊成員有：我、小文、小偉和小琳。

分隊結果一出來，黎群的臉臭得跟大便一樣，因為他跟理由中一隊，而理由中的歌聲可以說是出了名地爛，跟他一隊就等於拿錢出來請吃早餐。

當然，能在自己喜歡的妹面前唱歌，當然我一定要唱我的拿手歌：〈妳是我的女人〉，希望小文可以感受到我的心意。

我用我充滿磁性的歌聲唱這一首我的招牌曲，分數出來果然破有史以來最高紀錄，分數九十二分。

我的比賽對手是理由中，他選唱的歌曲是王力宏的〈永遠的第一天〉，他以為唱得大聲就會比較高分，結果他看到分數結果，罵了一聲：幹！媽的，只有六十八分。

我帶著我那瞇瞇的內雙眼向小文示意：我唱歌不錯聽吧！希望妳能了解我唱這首歌背後的意義。

該死的小文又露出她那特有的高壓電笑容，我看到後被電得快招架不住，真想一個箭步向前給她一個熊抱。

當我想要這麼做的時候，張小偉發現我的雙眼投射出淫邪之念，馬上衝上前找我喝酒，制止我做出低級的舉動。

最後，分數的結果我們這隊小贏六分，差距會那麼小，是因為黎群的歌聲太屌了，分數居然有九十七分，也難怪，畢竟黎群在I大比的歌唱比賽，可是號稱「賴不敗」。

據說黎群在《星光大道》最熱的時候，有去參加選拔賽，只是在地區初選就被淘汰了，是因為評審說他的歌聲太油了，太過於賣弄個人技巧。

黎群不服這結果，要求原班人馬再PK保齡球，他要求上訴。他說如果他們這隊再輸，他們就請我們吃金典酒店的早餐。

這個時候，換理由中的臉臭得跟大便一樣，因為他根本不想再比，但屈服於少數服從多數的壓力不得不比。

為什麼小文的朋友會挺黎群呢？我猜想可能是黎群「愛笑的眼睛」電暈了她們兩個，讓她們義無反顧地挺黎群。——黎群，你真的是殺妹王。

我們這隊想說再贏保齡球當賺到，輸也沒有損失。所以，我們接受黎群隊的上訴。

趁著唱歌＋保齡球這兩個行程，我照著小偉哥和黎群的指導下，和小文的朋友多聊天，一方再多了解小文一點，另一方面趁機promote自己，讓她們覺得我才是適合小文的男人。

不過，老天爺真的很幫我，居然黎群和理由中他們倆的保齡球一起失常，我和小偉分別打出最高分，最後的結果我們這隊大贏了六十分。

最後，去金典酒店吃早餐的時候，那個氣氛落差很大，一邊是吃得開開心心的，另一邊是氣氛凝重，邊吃邊碎碎唸。

吃完後，我順水推舟地說要載小文她們那群女生回家，怕她們危險和幫她們省車錢，我用眼神示意黎群他們、要他們起個鬨，黎群接受到我的眼神，跟我點了頭表示知道他怎麼做。

黎群：好好唷！小文妳都有專人接送，我們還要騎車回I大，天氣那麼熱，我們的命就是賤，不配坐白色的ALTIS。而且我們那麼帥，李濠都不顧他兄弟的安全，都不怕他兄弟在路上被搶劫。

我：你們三個放到高雄市的任何一條路上，我敢保證絕對不會有人想動你們，你們可是著名的「雅客幫（Yuck）」。小文和她的朋友都那麼美麗，又是跟我們出來玩，我當然要安全護送她們啊。

我說完這段話，不得不很佩服我和黎群上演的這段雙簧，也對自己說出這一段充著滿滿的愛意但又不失大體的話感到得意。

小文笑笑地說：那就謝謝你、也麻煩你了。

回家的順序，我故意把小文放在最後，這樣我可以跟小文的相處時間拉到最長，送小文她們回家的途中，我放我最喜愛的Olivia的歌，想不到小文聽到後，也跟我說她也很喜歡她的歌。

於是，我用比較輕鬆的口氣向小文探探她對我的印象，我：請問小文老大，我今天這樣的表現妳幫我加幾分。

小文也用一副老大的口吻地說：今天的表現大體上來說還算可以，給你加個五分，你還要繼續努力，不能因此自滿喔！

我聽到後，內心暗暗竊喜，這次「攻克小文」的戰略計畫到目前為止，還算是順利，看來要攻克小文的內心是指日可待。

我邊想邊傻笑，因為這比追女神來說，整體來說順利很多，沒有遇到什麼阻力，改天真的要回文武聖殿跟關公說謝謝。

這時，我的大腿忽然劇痛一下，當我想飆髒話罵的時候，我看到是小文捏我的，硬生生地把我要說出口的話吞回去。

我扭曲著臉地說：親愛的小文老大，怎麼了？為什麼突然捏我，有什麼事是我阿濠小弟可以為妳服務的？

小文嘟嘴地說：我剛剛看到一個白痴在那邊傻笑，我想說他可能沒有痛覺神經，所以就捏他、試試看他有沒有痛覺神經。

小文我拜託妳，不要再露出那種無辜死人不償命的表情了，我已經被妳電得快要往生了，還好我車上有心經的MP3，我趕緊放來聽，並一直在我的內心唸著心經，把我的腦中淫邪之念趕出去。

還好就在這個時候，小文的家已經到了，不然再和她相處下去，我穩登上明天各大報的地區新聞頭條，罪名：公然猥褻罪和妨害性自主。

送完小文回家後，我急call我的兄弟們，討論「攻克小文」的戰略計畫的下一步要怎麼做，我真的連一天都不想等了，每天都想跟小文在一起。

戀愛，我好想32

我對妳的喜歡不是只有付出，也有包含我的尊嚴，前面的九十九天是想讓妳看到我的愛，而第一百天是想讓妳知道我也有我的尊嚴，不要拿我對妳的喜歡，去糟蹋我的尊嚴。

我坐在大社的丹丹漢堡等著我的兄弟給我意見，我看到黎群拿著他的把妹專用手機走了進來，口中一直唸唸有詞。

我：是又哪一個小馬子在奪命連環call啊！讓我們的黎群哥哥不堪其擾啊！

黎群嘆了口氣說：還不就是鄭馨蘟，我想說你和你的孟洶紋已經鬧成這樣，以不歡而散收場。做兄弟的我，也只好忍痛地把鄭馨蘟給甩了，幫你報仇。

我噗哧一聲地說：應該是你要謝謝我吧！我讓你有那麼好的理由和她說掰掰。不然，這一頓算你的好了，你請客。

就在我跟黎群談話的時候，理由中和張小偉也到了。

我：我現在已經被小文的高壓電微笑電得吱吱叫，你們有沒有什麼好方法可以讓我提早攻下小文的心，讓她從外人成為我的內人呢？

理由中用疑問的口氣說：雞雞叫？你真的很低級ㄟ，腦中都是這種東西。

我往理由中的頭打下去，不是因為他笨，而是因為他講到讓整個丹丹漢堡的人都用厭惡的眼光在看我們四個，覺得我們是一群四處騙女生上床的爛人們。

我對理由中，也是順便對其他人解釋。

我：是吱、吱、叫，不是雞、雞、叫。你是想讓我們的臉被你這個低級男丟光嗎？

張小偉：我建議你，使用馬英九的大絕招——冷處理。

我感到不解，我：為什麼要用冷處理呢？不是應該積極進攻嗎？狠狠地來個直搗黃龍，讓小文早日變成我的。黎群之前跟我說過，把妹就是要積極猛烈進攻。

張小偉：你沒有黎群帥氣，所以你要多一點謀略，你不是走帥氣路線，你要用真誠路線去感動她，這條路吃力不討好，我已經盡量在幫你想方法，看能不能盡快攻克你的小文。

張小偉又說：你這幾天已經積極進攻了，我想小文多少了解到你的心意。所以你現在先冷處理，一方面先讓她沉澱、去思考你這個人如何；另一方面，你最近要跟她朋友多接觸，讓她們知道你的好，幫你說話。

我聽完張小偉這樣說後，轉頭向黎群示意有沒有要補充的。

黎群搖頭說沒有，但他用他的瞇瞇眼叫我留下來，說有事要和我說。

張小偉和理由中離開之後，黎群跟我說剛剛我們在討論「攻克小文」計劃時，鄭馨蒨傳簡訊藉故說要找黎群，要談我和孟洵紋的事。

黎群的臉很為難，因為他的心很軟，他總是無法承受一段感情要結束時的難過和難堪，所以他都選擇用避不見面當感情結束的句點。

我：不然你跟鄭馨蒨約，然後去的人是我，一方面我幫你斬掉鄭馨蒨對你的依戀；另一方面，我去了解孟洵紋還有什麼想要和我說的。

我來到黎群和鄭馨蒨約的地點後，鄭馨蒨的臉從滿懷期待看到黎群的開心，轉變成看到我來後的失望。

我：妳和黎群有什麼事或有什麼想和黎群說的話，都可以和我說。我今天對妳說的每一句話，都有黎群百分之百的授權，我說的每一句話就如同是黎群親口說的。

鄭馨蒨：黎群是怎麼了？為什麼一直在躲我呢？我是不是有做錯什麼？

好猛烈的三個問題，我要怎麼跟鄭馨蒨說，才不會傷害到她；又不能直接說黎群已經厭煩她了。看來「把妹無敵手」黎群又成功地攻下鄭馨蒨的心。

我裝紳士地去點喝的，趁機想一套說詞，是可以保住黎群在女生界的名聲，又可以讓鄭馨蒽把她和黎群這份愛放在心底。

端著飲料回來，我用沉重的語氣說：黎群認為他配不上妳這個他所遇到最棒的女孩，他決定不再用他的愛綁縛著妳，他要放手讓妳去找一個更好的男生。

鄭馨蒽不能認同地說：這些都是藉口，黎群是不是不愛我了？拜託你和我說清楚。

想不到，我這招戴「高帽子」——把對方捧上天來凸顯自己的不好，來幫黎群開脫沒用。那我只好用「留學招」了。

我嚴肅地說：不瞞妳說，黎群決定一畢業要出國深造，他也沒把握幾年可以完成學業。但他很珍惜妳這個女孩，他說為了妳的未來，他願意放手給妳自由。——理由中：李濠，你這種話都說得出來，你最好下雨天帶一隻避雷針，免得被雷公打死。

鄭馨蒽還是一臉不放棄的臉，我也只能請黎群自求多福，不要被鄭馨蒽給堵到了。否則，黎群極有可能被押去法院辦公證結婚。

鄭馨蒽突然把話鋒一轉，她說：你有沒有想過，有一天你會和洵紋復合呢？

我斬釘截鐵地說：不可能！我沒有想過這個蠢問題。

鄭馨蒽：但你不是很愛洵紋嗎？為什麼她要跟你復合，你不會答應呢？

我用一個網路上的故事去回答妳的問題：

有一個男孩很喜歡一個女孩，男孩用盡他的一切去愛著女孩，只是女孩把男孩的好視為理所當然的，她也認為男孩會一直在她的身邊。

有天，女孩對男孩提出了無理的要求，她要男孩連續一百天，天天風雨無阻地帶她上班。

男孩答應了女孩無理的要求，男孩依照約定接送女孩，一直持續到第九十九天，到了第一百天女孩卻沒有等到男孩，男孩也就消失在女孩生活裡。

女孩終於按捺不住，打了電話給男孩，問他為什麼第一百天沒有載她去上班，是出了什麼事情？

男孩冷冷地說：我沒有什麼事，謝謝妳的關心。

女孩大感不解地說：為什麼你的態度前後差那麼多？你不是愛我的嗎？

男孩：我是喜歡妳的，但我對妳的喜歡不是只有付出，也有包含我的尊嚴，前面的九十九天是想讓妳看到我的愛，而第一百天是要讓妳知道我也有我的尊嚴，不要拿我對妳的喜歡，去糟蹋我的尊嚴。如果是這樣，我選擇不要這段愛情。

女孩了解到了但也後悔了，男孩也從此離開了女孩的生命裡。

我對鄭馨蔭：我對洵紋也是這樣，那時我拿出我的真心，希望可以換到她的回頭，只是事與願違，她選擇了璽鋑。

我冷冷地說：我尊重她的選擇，也祝她幸福。

鄭馨蔭看我的態度蠻堅定地，也就不想說下去了。

戀愛，我好想33

雖然我不能預測未來發生的事，但我會用心去捍衛我們的現在。

睡覺睡到一半，手機傳來了簡訊聲。

簡訊是「前」女神傳來的，我有點被嚇到，因為那天「前」女神說她希望我可以把對她的感情放下；要我不要勾勾纏的是「前」女神，現在主動來找我的也是「前」女神，她在玩哪招啊？

被「前」女神這一招弄清醒了，心中盤算著到底要不要去和「前」女神見上一面，看她要玩什麼招數，但我又怕和「前」女神見面後，自己會把持不住，回頭對「前」女神來個餓虎撲羊。

我左思右想，實在是拿不定主意，於是我拿兩個銅板去擲筊，我把這件事交給上天決定。

結果，老天爺給我的指示是：去和你的「前」女神見面，看她要玩哪招搞你。

我想可能是老天爺沒有聽得很清楚我的請求，於是我又問了第二次、第三次……一直到第十八次，我累了，不想再擲下去了。

畢竟連莊十八次的機率很低，機率已經比買大樂透中一千元的機率還低了，這告訴我要遵照老天爺的指示，所以我決定和「前」女神見上一面。

我回傳簡訊給「前」女神，和她說我願意和她見上一面。

地點還是約在上次「前」女神把我三振的地方，因為我內心總有一個邪惡的想法：妳如此地踐踏我的愛情和付出，總有一天我要報復回來。這次是妳主動約我的，休怪我對妳如此地無情，我準備給妳來一頓狠狠的侮辱招呼妳。

因為聖經上記載著：「當有人打你左臉的時候，你的右臉也要給他補上一刀」，如果我還沒有遇到我的「高壓電小文」，我真的會讓「前」女神再狠狠地往我的右臉尻過來。

但很抱歉，我已經遇到我的「高壓電小文」，所以如果今天「前」女神對我有所不禮貌或著我有感覺被冒犯，我一定不會顧我男人應有的風度，狠狠地尻死我的「前」女神。

我和「前」女神面對面坐了下來，「前」女神還是一樣地正翻天，但她的美已經無法讓我心動了，因為她帶給我的回憶只能讓我回想到心痛。

我用一副很冷酷但又無法壓抑激動的口吻說：請問妳還有什麼話好說？我們的

關係應該在那妳狠狠地拒絕我的那天，就畫下了休止符，沒什麼好說的。

「前」女神用可憐死人不償命的眼神向我訴說：李濠，你不要這樣子，我只是……我冷笑地說：妳只是什麼？不要為妳的任何決定都加上「只是」，然後責任就不歸屬於妳。請妳不要再這樣子對我了，好嗎？

「前」女神依然繼續使用著無辜的臉孔和口吻，希望可以軟化我的態度。她說：我想問你，你還愛著我嗎？我們可以回到過去的日子嗎？

我聽到「前」女神這樣說後，一點也不意外，因為那天鄭馨蕿這樣問我，我的心就有一個底，覺得是女神先派她來試試我的口風，然後接著女神就要親自上陣，希望可以把我的心給追回來。

我淡淡地說：我對妳的感覺已經不是愛情了，我願意當妳一輩子的朋友，前提是妳願意要我這朋友。

「前」女神繼續使用可憐的口氣說：那我想要的不是朋友，而是你那一百分的全心全意付出，可以嗎？我拜託你了，李濠。

我看到「前」女神今天如此低姿態，讓我有一點點訝異，其中必定發生了什麼我不知道的事。

但我還是使用冷態度處理，我說：當初，是妳不要我們的愛情，我對妳苦苦哀求，希望妳可以回頭看看我，妳斷然地拒絕我，是妳親手把我們的愛情葬送掉。現在，妳又希望我們可以再回到之前，妳不覺得妳這樣子很反覆嗎？

這時「前」女神的眼眶已經泛淚，我看到此景，內心不但沒有一絲絲地憐愛之意，只是覺得為什麼當初不去珍惜我的付出，把我的付出視為理所當然。

覺得需要我的時候又回頭找我，讓我覺得自己在這段感情中，是一個「呼之即來，揮之即去」的配角。

在我被女神拒絕的那一天，我發誓在以後的愛情裡面一定要有尊嚴。如果自己都不能對自己好的話，那要如何對別人好和對別人付出呢？

「前」女神：你還記得你送我最後的禮物嗎？我本來只是覺得那是個平常的紙鶴，也就不以為意。直到有一天，我在打掃房間的時候，移動你送我的紙鶴，不小心弄破一隻，我才發現紙鶴裡有你對我的祝福，於是我把每一隻紙鶴都拆開，發現每一隻紙鶴都有你對我滿滿的祝福。我看著那些紙鶴，腦中開始浮現我們相處的點點滴滴，我發現到是我把你對我的好太視為理所當然，覺得你的好是我可以隨時取得，而變得不珍惜它。

人都是一樣，每個人在感情當下喜歡的都是香檳，而不是白開水。直到對香檳膩了或者被香檳推開，卻反而想起白開水的好，又埋怨著白開水，為什麼不在他的身邊陪著他，卻忘了是自己把白開水推開的。

在當下，我很想答應「前」女神，但我又怕二度傷害。在我猶豫的瞬間，我閉上我的雙眼，去回想我和「前」女神的點點滴滴以及和高壓電文的相處。

最後，我的腦海浮現的都是高壓電文那個甜死人不償命的微笑，我就知道，她才是我要追求的幸福。

我下定決心說：現在的我，沒有辦法全心全意地為妳付出，所以妳不要再為難我了。在感情中，如果沒有辦法對對方全心全意，那對對方是不公平的。希望，妳和璽鍑可以幸福快樂。那就是妳付出最好的回報。

說完這些話，我很帥氣地拿起帳單轉身去付帳。從那天後，孟沟紋這女孩就完全地淡出我的生命。我的心也掃得十分地乾淨，等著高壓電文這位房客入住。

戀愛，我好想34

原來，愛情真的是一種遇見，是我們無法預料，也沒法準備的。

解決和「前」女神的事情後，我的心更沒有什麼罣礙，對高壓電文展開我那「不好意思拒絕我的好之慢慢攻占內心」的猛烈攻勢。

我之前會沒有自信，或感覺有一點綁手綁腳，是因為我用盡心力對待「前」女神，卻換得無情地對待。

但自從「前」女神和我談過之後，我了解到我對感情的這些招數是行得通，還沒有被潮流給吞沒。

我聽從張小偉和黎群的建議，對高壓電文採取忽冷忽熱、若即若離的招式，也感謝上天很挺我，讓我的高壓電文和我的距離越來越近。

黎群也跟我說，女生都希望自己的男人可以讓她有驕傲感、依賴感和安全感，所以要我在和小文的相處過程中，盡量把我這些優點給發揮出來。

這次「攻克小文」的戰略計畫，有別於對待「前」女神的百依百順、無悔付出，我還放進去一個成分——霸氣。

張小偉跟我說過，男生要帶有一點點的霸氣，這樣子會讓女生對你更為著迷。對待小文的方式，我也藉由吃飯、接送小文和其他聚會，和小文聊一聊彼此的價值觀、愛情觀和生活觀……等等。

從這些聊天交換彼此觀念的同時，我和小文對對方越來越好，也走得越來越近。因為，我們都發現對方極有可能是彼此一輩子的伴侶。

不過，小文的內心還有一個很難攻破的關卡，那就是她曾目睹她的前男友在她面前和其他女生親熱，讓她對感情有很大的恐懼存在，所以對於我對她的好，也只是默默地接受，始終跨不出那關鍵的一步，接受我。

目前我對「攻克小文」的戰略計畫感到滿意，但也對進度的停滯不前感到有些急躁。

黎群和張小偉又一直提醒我，叫我不要亂了自己的步調，越是渴求一個東西的時候，步調一定要踏得比平常更穩，萬萬不可躁進。

我也就只能用盡心思的對小文好，希望可以藉由我的好，來把小文心中的那塊陰影給驅散掉。

經過一個月下來，進度還是一樣裹足不前，我很想來個大暴走，來發洩我的煩躁。

理由中看到我這樣煩躁，就很好心地去買我最喜歡的麥香紅茶給我消消氣，順便陪我聊天試圖讓我放寬心。

他說：我真覺得你不應該那麼煩躁ㄟ，因為你的煩躁都跑到你的頭髮去，讓你的頭髮捲得好自然、好帥氣唷！幫你的帥度又加上了幾分。

我白了他一眼。

我：你不要在那邊說一些沒有營養的東西，快幫我想一個辦法，讓我可以跟小文的進度來個大突破。

理由中：戀愛這種事我沒有很懂啦！但我只能跟你說凡事盡力去做，結果會是如何，就以平常心看待。不過，我有想到一招給你參考，你要不要來個「裡應外合」？

我挑一挑眉：什麼「裡應外合」？你說清楚一點。

理由中：就是你找一個對小文來說是很重要的節日，然後認真地籌劃節目，藉由這些節目中，讓她看到你的用心。這時候，她的心裡那塊陰影是最小塊的時候，你再放大絕招——告白，然後請她朋友們在旁邊起鬨，我想小文的心應該輕輕鬆鬆地可以攻下來吧！

我聽完理由中的建議後，覺得滿可行的。於是，我打給黎群和張小偉確認這一張牌的成功度如何？

他們兩人和我說，這一招催下去，會如理由中說的機會很大。可是，這個計畫有一個關鍵點就是重要的節日要選哪天或著要用什麼名目呢？

正當我在煩惱時，小文打給我，說八月二十七日是她的生日，她想要熱熱鬧鬧地過，但不知道要怎麼辦？

聽到小文這樣說，讓我的心不禁笑了出來，東風自己送上門來，得來全不費工夫。

我自告奮勇地和小文說：我當妳生日趴的主辦人，一定幫妳辦得風光和熱鬧。

接下來的兩天，我很認真地安排小文的生日的每一項活動，並確認活動的每一個細節，都可以按照腳本走，不會有任何意外。

到了小文生日趴的前一天，我邀請小文的幾個好友們吃飯，跟她們確定一些細節，順便請她們美言幾句，我期待藉由她們的話可以讓小文對感情不再恐懼，而是勇敢地面對。

在吃飯的過程中，我跟她們一一確認小文生日趴的各項細節，讓她們了解到我對她們的好朋友的用心，並適時地用暗示的方式請她們協助我，讓我在小文的心中可以舉足輕重。

婉華（小文的姊妹）嚴肅地說：李濠，你對小文的用心我們都有看在眼裡，只是我們很怕你現在對小文的好，是因為你還沒有得到小文；我們擔心一旦小文和你在一起後，你會對小文不再珍惜，把她視為理所當然。做姊妹的，不想再看到她為感情受傷。

我也很正經地表明我的想法，我說：我保證會用我的一輩子去疼惜小文這位好女孩的，我對她的愛會一直持續到她不再需要為止。

婉華：有你這句話，我們決定要幫你。但如果你日後敢對小文不好，我就叫小文拿剪刀把你的小小濠給「喀擦」。

我自信地說：謝謝妳們的信任和幫忙，我不會讓妳們失望的。

有婉華她們的幫忙，現在我對小文的把握度，可以用關公向曹操說的一段誇獎張飛勇猛的話「我向曾聞雲長言，翼德於百萬軍中，取上將之首，如探囊取物」來形容。我的高壓電文成為我的女人應該八九不離十了，可以說是我的囊中之物。

關鍵的一天終於到來了，希望我可以用完美的結局把今天劃上句點。

戀愛，我好想35 Final

愛情是一種遇見，也是各個條件所組成的

我的小文生日趴的流程是：一、先去金典酒店吃高級鐵板燒，二、錢櫃唱歌，三、然後搭遊艇遊愛河、看生日後的第一個日出。

這些行程，是我看網路上成功告白必勝之法大家使用的，這三個行程網友推薦排行前三名。

去五星級飯店吃飯：在燈光美、氣氛佳的地方用餐，會促使雙方情感迅速地提升到一個層次。女生是屬於感覺性的動物，任何的人、事或物觸碰到她們的內心，她們會以第一印象為主，喜歡就會很喜歡，厭惡就會十分厭惡，沒有道理可言。而燈光美、氣氛佳的高級餐館，可以讓她們覺得她們是被人捧在手心呵護的，是一位小公主。

去錢櫃唱歌：KTV這個場合是一個密閉的空間，男男女女處在其中，若有曖昧的因子存在時，將會讓男女的曖昧指數瞬間飆到一個高點，最好的地方是在於可以用歌曲來告白，進可攻退可守。

搭遊艇出遊：茫茫大海之中，你所設定的目標就處在同一個空間，你可以毫無保留地瘋狂進攻，讓心上人可以明白你的心意，重點是如果她不答應，你還有一招大絕招——以跳海要脅。

計畫雖好，但需要值得信任的人通力合作及不著痕跡地助攻。我找了最懂我的兄弟們黎群、張小偉和理由中這三位一直很挺我的兄弟，而小文她也找了婉華、紋紋和小琳她的姊妹淘。就我們八個人一起幫小文過生日。

我們先去吃金典酒店的鐵板燒，在吃飯過程中，理由中一直瘋狂地把我和小文送作堆，當理由中在助攻的時候，我裝個樣子制止他。但我偷偷觀察小文的反應。結果，她又是那個該死反應——一抹淺淺地微笑。

我故意叫理由中把我和小文送作堆，因為小文知道理由中很愛亂說一些有的沒的，很愛鬧她。我主要想藉理由中的話，來測一下小文的反應。

我發現小文的反應比我預料地好，作戰計畫**STEP A**是成功的。

在享用美好的鐵板燒之後，我提議要去錢櫃幫小文唱生日歌慶生，我偷偷向張小偉使了一個眼色，要他按照作戰計畫**STEP B**行事。

張小偉接收到我試探的眼色後，便提議說要我們先去唱，他跟小琳去買喝的和一些零食。

在路上，張小偉對小琳說：等等我們唱歌的時候，我們製造一個假衝突，然後我和妳把氣氛弄得很僵，讓小文和李濠難做。

小琳不解地說：為什麼要弄得很僵？我不太懂為什麼要這樣做ㄟ。

張小偉：待會我會藉酒對妳有一些不禮貌，妳就反應很大，讓氣氛僵掉，然後妳就氣到離開，小文一定會追出來關心妳的，李濠也會叫我追上妳跟妳道歉。我們主要目的，就是要設計小文來到李濠的告白地點。

小琳撒嬌地說：那事成之後，誰要給我禮物來做補償啊！

張小偉順水推舟說：事成之後，我的人就任妳使喚好了！

我事後聽到這一段，我第一個反應不是感謝我的兄弟為了挺我做那麼大的犧牲，而是覺得他真的很屌，利用我的愛情去把妹。

小琳現在已經是被小偉電暈的狀況，小偉說東她連說西都不敢。她願意按照我們的作戰計畫STEP B 行事。

至於，小偉和小琳怎麼會進展得如此地之快。根據我側面了解，好像是那次唱歌，小琳和小偉就看對方對眼了（我本以為是黎群電到小琳的），然後他們就私下偷來暗去的。我也是到擬訂作戰計畫，才知道他們已經是一對了。

有小琳的鼎力相助，果然小文被唬得一愣一愣地。小文也真的因為擔心小琳，而被我們騙到告白地點去。

哪裡是我的必勝告白地點呢？答案就是在光榮碼頭。我在那裡用酒精膏寫上女人最無法拒絕的一句話，那就是——我願意愛妳一輩子，我的愛會一直存續到妳不要它為止。

當小文追到光榮碼頭時，她還一整個在狀況外。當她還在為小琳突然離開在擔心時，我們全部人一起大聲地幫她唱生日歌慶祝。她才發現到我們全部人已經在那邊等她了，這才知道中了我們的圈套。

我們在唱生日歌的同時，我們一一開始分別送小文生日禮物。當輪到我時，我用火點燃我用酒精膏寫的字，我對小文的承諾一個字一個字地呈現在小文臉前，緩緩地跟小文訴說著這一份永遠不跳票的承諾。

我偷偷地瞄小文的表情，我發現到小文的雙眼已經哭紅。果然，宅男戀愛必勝小寶典是不會出錯的。

黎群和張小偉同時用眼神向我示意，叫我趕快過去給小文來一個熊抱，「攻克小文」的計畫就可以劃下最完美的句點。

師父在教，做學生的我一定要聽。於是，我一個箭步向前，將小文緊緊摟住，小文一開始還有一些抗拒，但後來也就接受我的熊抱。

大家看到小文接受我，不禁拍手叫好。

我摟著小文，指著我們要出遊的遊艇，我用我最浪漫的聲調：我們真的要好好感謝丘比特（遊艇名），祂準備要帶著我們往愛情裡正確的港口前進了。

小文又一抹淺淺地微笑：你唷，鬼點子一堆。真的很謝謝你為我準備的這一切，其實你已經送我了一樣大禮，那就是單純的快樂。

我也很開心，我的愛情因為遇上了高壓電文，終於能找到正確的港口停泊了。

原來，愛情真的是一種遇見，是我們無法預料，也沒法準備的。

要青春05　PG1017

要有光 FIAT LUX　戀愛，我好想

作　　者	綸尚綸
責任編輯	黃姣潔
圖文排版	陳姿廷
封面設計	王嵩賀

出版策劃	要有光
製作發行	秀威資訊科技股份有限公司 114 台北市內湖區瑞光路76巷65號1樓 電話：+886-2-2796-3638　傳真：+886-2-2796-1377 服務信箱：service@showwe.com.tw http://www.showwe.com.tw
郵政劃撥	19563868　戶名：秀威資訊科技股份有限公司
展售門市	國家書店【松江門市】 104 台北市中山區松江路209號1樓 電話：+886-2-2518-0207　傳真：+886-2-2518-0778
網路訂購	秀威網路書店：http://www.bodbooks.com.tw 國家網路書店：http://www.govbooks.com.tw
法律顧問	毛國樑　律師
總 經 銷	易可數位行銷股份有限公司 地址：231新北市新店區寶橋路235巷6弄3號5樓 電話：+886-2-8911-0825　傳真：+886-2-8911-0801 e-mail：book-info@ecorebooks.com 易可部落格：http://ecorebooks.pixnet.net/blog

出版日期	2013年10月　BOD一版
定　　價	200元

國家圖書館出版品預行編目

戀愛, 我好想 / 綸尚綸作. --. 一版. -- 臺北市 : 要有光,
2013. 10
面； 公分. -- (要青春 ; PG1017)
BOD版
ISBN 978-986-89516-1-7 (平裝)

857.7 102008626

讀者回函卡

感謝您購買本書，為提升服務品質，請填妥以下資料，將讀者回函卡直接寄回或傳真本公司，收到您的寶貴意見後，我們會收藏記錄及檢討，謝謝！
如您需要了解本公司最新出版書目、購書優惠或企劃活動，歡迎您上網查詢或下載相關資料：http:// www.showwe.com.tw

您購買的書名：____________________________________

出生日期：_________年_________月_________日

學歷：□高中（含）以下　□大專　□研究所（含）以上

職業：□製造業　□金融業　□資訊業　□軍警　□傳播業　□自由業
　　　□服務業　□公務員　□教職　□學生　□家管　□其它_____

購書地點：□網路書店　□實體書店　□書展　□郵購　□贈閱　□其他

您從何得知本書的消息？
　□網路書店　□實體書店　□網路搜尋　□電子報　□書訊　□雜誌
　□傳播媒體　□親友推薦　□網站推薦　□部落格　□其他___________

您對本書的評價：（請填代號　1.非常滿意　2.滿意　3.尚可　4.再改進）
　封面設計____　版面編排____　內容____　文／譯筆____　價格____

讀完書後您覺得：
　□很有收穫　□有收穫　□收穫不多　□沒收穫

對我們的建議：____________________________________

____

____

____

請貼
郵票

11466
台北市內湖區瑞光路 76 巷 65 號 1 樓
秀威資訊科技股份有限公司 收
BOD 數位出版事業部

....
（請沿線對折寄回，謝謝！）

姓　名：________________ 年齡：________ 性別：□女 □男

郵遞區號：□□□□□

地　址：____

聯絡電話：(日) ____________________ (夜) ____________________

E-mail：____